あやかし人形館

睦月影郎

二見書房

装画　岸田　尚
装丁　ヤマシタツトム

第1章　人形館の夜　7
第2章　蜜の味　51
第3章　淫らな誘惑　95
第4章　巫女の匂い　139
第5章　二人がかり　183
第6章　月と星の謎　227

あやかし人形館

第一章　人形館の夜

1

（今日から、ここに住むのか……）

バス停の終点から地図を頼りに山道を歩きづめだった月男《つきお》は、目の前の屋敷を見回し、汗を拭いながら思った。

築百五十年ほどだろうか、明治時代に建てられたらしい古いもので、和洋半分ずつの奇妙な屋敷だった。山間で周囲に人家はなく誰も訪れるものがないのか、門は開け放たれ、門柱には『岸井《きしい》』の表札がある。

月男は呼吸を整え、門から入り玄関に向かっていった。

広い庭には、車が二台停まっていた。一台は白いワゴンで、もう一台は若葉マークの付いた白い軽自動車。

木野《きの》月男は十九歳になったばかり、都内で生まれ育ったが、ここ北関東にある大学に受かり、この春、岸井家から通うことになったのである。

岸井家の当主である重吾《じゅうご》は、月男の父親の旧友で、今は商社マンとしてヨーロッパに赴任しているという。

ここから大学までは、バスを乗り継いでもかなりの距離だが、同じ大学に入学した娘の香織《かおり》が車で送ってくれるということだ。もっとも新型コロナウイルスの影響で、大部分は出席せず家でのリモート講義になることだろう。

本当は大学近くのアパートにでも住もうかと思っていたのだが、父親同士で勝手に決めてしまったのだ。今の岸井家は、奈保子《なおこ》と娘の香織の二人だけなので、男手があった方が良いし、家賃も食費も要らないということだ。

月男の父親は電機会社に勤める平凡なサラリーマンだから、仕送りも心苦しく思っていたし、母娘二人きりの家というのに密かな興味を抱き、彼は居候させてもらうことにしたのである。

来てみれば、実に古めかしく妖しい雰囲気の屋敷だった。

周囲はコンビニもなく山ばかり、夕日に西空が赤く染まり、近くを通る車の音もなく、聞こえるのは風と鳥の鳴き声ぐらいのものだった。

和風の建物にある玄関前に立ち、彼はポケットからマスクを取り出して嵌めてからチャイムを鳴らした。今までは誰にも会わない山道で、息苦しいので外していたのだ。

「はい」

すぐに声がして、引き戸の玄関が開けられた。

出てきたのは、何とも色白で目鼻立ちの整った洋服姿の美熟女。

黒髪をアップにして鼻筋が通り、濡れたように赤い唇が瑞々しい。しかも艶めかしく豊満で巨乳、甘い匂いが生ぬるく感じられた。

これが重吾の妻の奈保子で、確か三十九歳ということだった。

「あ、初めまして。木野月男です」

「ええ、お待ちしていました。どうぞ」

奈保子がスリッパを出してくれ、月男が上がり込むと、彼女はすぐ脱いだスニーカーに消毒液を噴射した。

「まずお風呂に。脱いだものは全部洗濯機に入れておいてね」

「分かりました」

やはり都会からの来訪者なので、相当にコロナウイルスを警戒しているのだろう。すでに脱衣所にはタオルや歯ブラシなどが揃えられていた。まず全身を洗ってからで、細かな自己紹介や挨拶などは後回しなのだろう。

奈保子がキッチンに戻っていったので、月男は脱衣所でリュックを下ろして服を脱ぎ、空の洗濯機に順々に突っ込んでいった。

もし、洗濯機に美熟女の下着でもあったら、匂いを知りたい衝動に駆られてしまったことだろう。月男はまだ、ファーストキスも知らない無垢であった。

受験勉強に専念していたし、色白で運動は苦手、趣味といえば読書とネットサーフィンだけで友人も少なく、それなりに可憐なクラスメートの女子に心を動かされたことはあったが、声を掛ける勇気はなかった。

それなのに性欲だけは旺盛で、日に二度三度と熱いザーメンを放出しなければ気持ちが治まらないほどであった。

大学生になったら積極的になろうと決意したが、一体いつキャンパスに行かれるのか、まだ見当もつかない。

全裸になり、下着も靴下も、シャツも薄手のブルゾンも全て洗濯機に入れ、ポケットにあった財布とハンカチやティッシュ、スマホなどは棚に置いた。

リュックの中は僅かな着替えだけで、学用品などはすでに宅配便で届いているはずである。そして彼に与えられる部屋には、パソコンも用意されているようだった。

バスルームに入ると、バスタブには湯が張られている。

山間だが、もちろん電気は来ていて、バストイレキッチンなどは最新式のものが揃えられているらしい。

まずはシャワーの湯を浴びて髪を洗い、ボディソープで全身を泡立てた。

（綺麗な人で良かった……）

洗いながら思ったが、あまり奈保子の顔を思い浮かべると無垢なペニスが鎌首を持ち上げそうになってしまう。ここで抜いてしまった方が落ち着くかも知れないが、あまり風呂が長いとオナニーしているのではと疑われたら困る。

そんなこと思われるわけないのに、彼は奈保子に嫌われまいと細かに気を遣った。

やがてシャワーで全身のシャボンを洗い流し、うがいもした。

つい、いつもしてきたように風呂場で放尿しそうになったが我慢した。長旅をしてきたのに、あまり長くトイレに行かないと、風呂場でしたと思われても困る。

バスルームの窓が、眩しいほど夕陽に赤く輝いていた。

充分に湯に浸かってから上がり、身体を拭いて脱衣所に出ると、リュックから洗濯済みの下着やジャージ上下を出して身繕いをした。

リュックを持って脱衣場を出ると、

「上がった？　じゃお部屋に案内するわね」

すぐ奈保子がキッチンから出てきて言った。

「あ、トイレをお借りします」

バスルームではしていませんよという意味を含んで彼が言うと、奈保子はバスルームの隣のドアを差し、またキッチンに戻った。

個室に入り、ジャージと下着を膝まで下ろして便座に座った。家でも、飛沫が飛ばないよう、小用でも座ってしろと母親に言われているのだ。

（この便座に、奈保子さんも座っているんだな……）

放尿しながら思うと、また股間が熱くなってしまった。勃起して放尿すると前の壁に飛ぶといけないので、彼は指で幹を下向きに押さえながら何とか出しきった。

雫を振るってから立ち上がって身繕いをし、水を流しながら、ふと隅にある小箱を開けてしまったが、やはり空だった。

美女のいる家に来たのは初めてなので、どうしても女性に関する何もかもに興味が湧いて仕方がなかった。月男は一人っ子で、仕事に忙しい父と口うるさい母しか知らない。

トイレを出てリュックを持つと、奈保子が部屋に案内してくれた。

廊下を進むと洋館の方に入り、その一階に、月男に与えられた部屋があった。

八畳ほどの洋間で、窓際にベッド、作り付けのクローゼット、机にはネットに繋がったパソコンが置かれている。

やはり、頼りなさそうでも男ということで、門や庭の見渡せる一階の部屋で、不審者などもしないといけないのだろうか。鉄柵に囲われた広い庭も良く手入れされ、芝生には白い椅子やテーブルもあるので、夏はバーベキューも出来そうだ。

月男の部屋以外のフロアは、今は人形の展示場のようになり、二階には娘の香織の部屋があるらしい。

「私の祖父の善兵衛《ぜんべえ》が人形師で、ここには祖父の部屋と工房があったの。人形は自由に見て構わないわ」

奈保子が言う。そういえば月男は父から、重吾は婿養子というようなことを聞いたことがあり、ここは奈保子が生まれ育った屋敷なのだろう。

母屋は平屋で、バストイレにキッチンとリビング、夫婦の寝室や納戸、客間や仏間などがあるらしい。

「じゃ香織が帰ったらお夕食にするので、それまでノンビリしていてね」

快適な部屋で安心し、奈保子もキッチンに戻ったので、月男は隣にある展示室へと入ってみた。

(うわ、すごい……)

月男は、並んでいる人形たちを見て目を見張った。

洋館だけあり、日本人形はなく、全て洋風のアンティークドールだった。

ドレスを着た金髪の少女から、大人の美女まで、ほとんどが実にリアルな等身大で、まるで精巧な剝製を思わせた。

どうやら奈保子の祖父、善兵衛という人は相当な腕を持っていたのだろう。

普通なら、隣にリアル人形の展示室があるのを気味悪がるだろうが、全て女性の人形ばかりなので、むしろ月男は妖しい興奮を覚えてしまった。

しかも、どの人形もこの世のものとも思われない美形ばかりである。

全て洋装で、中には現代的な洋服で黒髪もあり、どことなく奈保子に似た顔もあった。

眉も睫毛も細かに植えられ、本当の髪を使っているのではないかとさえ思えた。

月男は胸をときめかせながら、全部で十数体ある人形を順々に見て回り、

（裸にしたら、アソコはどんなふうになっているんだろう……）

と想像を巡らせながら、股間を熱くさせてしまった。

そして外からの入り口に近い最後の人形を見ると、それは小柄な少女で、揃った前髪が眉を隠すほどのボブカットにつぶらな瞳、現代風の清楚なブラウスにスカートだが、天使のように清らかな雰囲気があった。

「わあ、綺麗だ……」

思わず呟くと、

「月男さんね、私は香織」

少女人形が口を開き、

「うひゃあ……！」

月男は声を上げて仰け反った。よろけて人形を倒しそうになるのを、彼女が慌てて駆け寄って支えてくれた。

「き、君は……」

「ええ、ここの娘の香織。いま帰ってきたところなの」

彼女が答え、月男も支えられながらやっとの思いで立ち上がった。

「じゃ、同じ大学に入った……」

「ええ、よろしく」

ほんのり甘酸っぱい吐息を感じ、月男は懸命に荒くなった動悸を抑えた。

香織は神秘の眼差しで、微かな笑みを含んで彼が平静に戻るのを待った。

あとで聞くと、早生まれで十八歳ということだが、見た目は中高生に思えるほど幼顔の美少女である。

「灯りが点いているので、こっちから入ってきたのよ。熱心だから声かけられなくて」

「そう……、驚いたよ……」

月男はようやく呼吸を整え、あらためて超美少女に会えた喜びを嚙み締めたのだった。

2

「そう、国文なら香織と一緒ね。将来は、国語の先生？」

夕食を囲みながら、奈保子が月男に訊いた。

「いえ、あまり人前で喋るのは得意ではないので、出来ればライターでもしながら、やがて小説でもと」

月男は、ぎこちなくサーロインステーキを切りながら答えた。豪華な夕食だが、美しい母娘がいると、どうにも味が分からず緊張で喉に詰まりそうになってしまう。

しかし奈保子は元より、滅多に若い男の客などないだろうに、香織もお喋りしながら巧みに肉を切っては慣れた感じで上品に口に運んでいた。

これから毎晩のように、三人での夕食が続くのだろうか。月男も、早く慣れないといけないと思った。

（こんな食事中に喉に詰めてゲロ吐いたら嫌われるだろうな……）

彼は慎重に飲み込みながら思ったが、決して嫌ではなく、美しい二人を前にしているひとときが幸福であった。

「月男さんは、私を人形と間違えて、綺麗だって言ったのよ」

「う……」

香織が笑って奈保子に言うと、今度こそ月男は喉に詰まらせそうになり、慌てて水を飲んだ。

「そう、良かったわね。ずっと女子校だったから、これからは男の人と話す練習台になってもらうといいわ」

奈保子が言い、月男も必死の思いで食事を終えた。

香織もまだ将来の方針は決めておらず、四年間の大学生活を楽しみたいようだ。

「明日、私の車であちこち案内してあげるわね」

香織が言った。停まっていた若葉マークの軽が香織の車なのだろう。今日の外出は、友人の車で送り迎えしてもらったらしい。

やがて奈保子が片付けをして香織も甲斐甲斐しく手伝い、月男は与えられた部屋へと戻った。

デスクトップのパソコンを起動し、ネットに繋がっていることを確認して、出入りしているＳＮＳを見て回った。もう彼は高校時代の友人との交流もなく、あまり書き込みもしないので、趣味のサークルを見るだけだった。

だから神経はモニターではなく、母娘の気配にばかり向いてしまった。

香織は二階で着替えてから入浴し、また自室に戻ったようだ。天井が高いので物音は聞こえない。

奈保子も最後に入浴し、あとは戸締まりと灯りを消して寝室に戻るだけだろう。

そして月男は寝しなにトイレに行き、どうしても不審がられまいと忍び足になってしまったが、いきなり廊下で奈保子と行き合ったらもっと不審がられるかも知れない。単にトイレに行くだけなのだが、日頃からオナニー衝動にばかり駆られているから、女性からもそんな目で見られているような気になってしまうのだろう。

しかし母娘は寝静まったか物音ひとつしないので、用を足した月男は脱衣所で歯磨きをした。

バスルームからは、母娘二人分の残り香が洩れ漂ってくるようだ。洗濯機には二人の下着があるかも知れないが、すでに洗濯が始まっていた。このまま自動で切れ、翌朝に干す習慣なのだろうか。

口をすすぎ、洗面台にあるホルダーに自分の歯ブラシを差し込んだ。

歯ブラシは、赤が奈保子、香織がピンクではないか。重吾の分は置かれていなかった。

赤とピンクの歯ブラシをそっと嗅いでしまったが、特に何の匂いも感じられなかった。

あとは寝るだけだから、部屋へ戻ったら母娘の顔を思い浮かべてオナニーしてしまおうと思った。

ザーメンを拭いたティッシュはトイレに流さなくても、部屋のクズ籠にはスーパーのビニール袋が掛けられているから、下の方に捨てておけばいちいち奥まで見られることもないだろう。上の方に、ノートの切れ端でも丸めて置いておけば良い。

やがて彼は、洗面所の灯りを消し、自分の部屋へ戻ろうとした。

するとそのとき、母屋の奥から微かな呻き声が聞こえてきたのである。

(え……？　奈保子さん？　魘《うな》されてるのかな……)

月男は驚き、暗い廊下でどうしたものか迷った。

もし具合が悪いなら行った方が良いし、これから洋館の二階まで行って、嫁入り前の香織の部屋をノックするのもためらわれる。

耳を澄ませると、まだ呻き声が続いている。

月男は意を決して廊下を奥へ進んでいったが、ばったり行き合うのもきまり悪いので、やはり忍び足になってしまった。

縁側に面した廊下の片側はガラス戸だが、雨戸が閉まっているので暗く、何とかスイッチを手探りで点け、片側の障子を順々に開けてみたが、どこも無人で古い家具があるばかりだ。

すでに呻き声は聞こえなくなっている。

それでも奥まで行くと、襖から細く灯りの洩れている部屋があった。

息を殺して覗き込むと、中には布団が敷かれ、床の間や古い箪笥の上に多くの日本人形が並んでいる。ここは完全に和風のようだ。

天井から下がった電球の、小さい灯りだけが点いていた。

そして布団には、奈保子が仰向けになり静かに横たわっている。

「な、奈保子さん……」

月男はそっと声を掛けた。

何と呼ぶべきか迷ったが、四十歳半ばになった彼の母親よりずっと若く美しい人を「おばさん」と呼ぶのもためらわれ、気恥ずかしいが名を呼んだのである。

しかし返事はなく、それでも何やら妖しい雰囲気に彼は引き返すことはせず、そろそろと襖を開けて中に入り込んでしまった。もちろん彼女が目を覚ませば、呻き声がしたので見に来たと言えば良いだろう。

枕元に膝を突くと、生ぬるく甘ったるい匂いが感じられた。

回りを見れば、夥《おびただ》しい日本人形が黒い目でこちらを注視している。

奈保子はアップの髪を解いているので、セミロングの黒髪がサラリと流れて白い枕カバーとシーツに映えていた。

「奈保子さん、大丈夫ですか……」

再び声を掛けたが、奈保子はピクリとも動かない。

いや、呼吸すらしていないようなのである。

「え……？　どうしたのかな……」

香織を呼ぶべきかどうか迷いながら呟き、そっと肩を揺すってみた。

すると布団が僅かにめくれ、白く丸い肩と巨乳の谷間が覗いた。

どうやら、奈保子は全裸で寝ているのだった。

さらに布団を剝ぐと、形良い巨乳が露わになったが、全く息づいていない。

「まさか、これは人形……？」

月男は思い当たり、さらに強めに揺すってみたが、まるで反応はなかった。

二の腕に触れてみると、温もりはないが冷たくもない。いったいどんな材質で出来ているのだろうか。

これは展示物ではなく、恐らく善兵衛による究極の芸術なのではないか。

相手が生きていないとなると、月男は恐怖よりも激しい興奮を覚えてしまった。

では本物の奈保子の寝室はどこなのか、あの呻き声は何だったのか、それらを考える余裕もなく、いつしか彼は痛いほど激しく股間を突っ張らせてしまっていた。

完全に布団をめくると、全裸の美女人形が仰向けになっている。人形というより、魂の抜けた人間そのものである。

奈保子の人形から、特に匂いは漂ってこない。室内には生ぬるく甘ったるい匂いが淡く立ち籠めているが、それは人形の発するものではなく、出入りしている奈保子の残り香なのかも知れない。

巨乳は、重みで左右に流れることもなく形良いままだ。股間には翳りもあり、楚々とした茂みが植毛されている。

もう堪らず彼は美しい顔に屈み込み、近々と見つめた。女性の顔をこんなに近くから、まじまじと見るなど初めてのことである。もし人形の目が開いていたら、さらなる羞恥を覚えたかも知れない。

やがて月男は、吸い寄せられるようにそっと唇を重ねてしまった。

柔らかな弾力が伝わったが、触れても伏せられた睫毛はピクリともせず、鼻からは呼吸も漏れていない。

自分のファーストキスは、美しい奈保子そっくりの人形と体験したのである。

胸を高鳴らせ、人形とはいえ微妙に柔らかな感触を味わい、そろそろと舌を挿し入れてみた。

固く閉ざされた唇も、次第に彼の唾液で潤いを帯び、僅かに侵入すると硬い歯並びに触れたが、それ以上は入り込めなかった。

舌を左右に蠢かせて歯並びを舐め、やがて荒い呼吸に息苦しくなった彼は唇を離した。

そして白い首筋を舐め降り、チュッと乳首に吸い付いて舌で転がしながら、顔全体を押し付けて巨乳の感触を味わった。

何と心地よく艶めかしい弾力であろうか。

善兵衛は、単なる名人という域を超え、女体への飽くなき探求心と屈折した執着から、孫娘である奈保子そっくりな人形を作り上げてしまったのだろう。

いや、あるいはこれは善兵衛の妻を模した人形かも知れず、それで奈保子に似ているのではないのか。

左右の乳首を交互に含んで舐め、顔中で巨乳を味わってから、彼は奈保子人形の腕を差し上げ、腋の下にも鼻を埋め込んだ。匂いも温もりも湿り気もないが、そこには淡い腋毛が煙り、善兵衛による細部へのこだわりが見て取れた。

さらに月男は、白く滑らかな肌を舐め降りていったのだった。

3

(中の方は、骨まで作られているんじゃないか……)

月男は、人形の豊満な腰を探り、腰骨の感触を味わいながら思った。

恐らく善兵衛は、人と同じ骨格から組み立て、その上に肉付けをし、弾力ある素材を重ねて作ったのではないだろうか。

滑らかな脚を舐め降りても、丸い膝小僧の硬さや脛の滑らかさが感じられ、しかも脛には細かに、まばらな体毛まで植え込まれているのである。

確かに善兵衛の世代からすれば、無駄毛のケアなどするよりも、腋毛や脛毛があった方が魅惑が増す感覚なのだろう。

爪先まで降りて舌を這わせても、桜色の爪の感触や、形良く揃った指が実に細かに作り上げられていた。

身を起こした月男は、いよいよ奈保子人形の足首を持ち上げ、両脚を左右全開にさせていった。そして自分も手早くジャージ上下と下着を脱ぎ去ってしまい、全裸になって腹這いになった。

もう、本物の奈保子が来てしまうのではないかとか、初めて来た屋敷で淫らな行為に耽るためらいも吹き飛んでしまい、彼は目の前の女体に魅せられ、酔いしれたように夢中になっていた。

白くムッチリと量感のある内腿を舌でたどり、股間に顔を寄せると、初めて見る女体の神秘の部分が鼻先に迫った。

ふっくらした丘に恥毛がふんわりと茂り、肉づきが良く丸みを帯びた割れ目からピンクの花びらがはみ出していた。興奮に息を震わせながら、そっと指を当てて陰唇を左右に広げると、さらに精巧に作られた中身が丸見えになった。

花弁状に襞の入り組む膣口があり、本物ならかつて香織が生まれ出た穴ということになるのだろう。ほぼネットの裏動画で見た女性器そのものだった。

小さな灯りだけでも、ポツンとした尿道口まではっきり見え、包皮の下からは小指の先ほどもあるクリトリスが、真珠色の光沢を放ってツンと突き立っているではないか。

もう堪らずに顔を埋め込み、柔らかな茂みに鼻を擦りつけて嗅いでも、何の匂いも感じられなかった。

割れ目内部に舌を這わせても、もちろん潤いはないが、舐め回すうち彼の唾液にヌラヌラと潤ってきた。そしてクリトリスに吸い付きながら、指を膣口に潜り込ませると、ヌルッと滑らかに吸い込まれた。

ヌメリも温もりもないが、内壁のヒダヒダまでが細かに作られていた。

やはり善兵衛は、人形を作るだけではなく、実用するために持てる技術の全てを駆使したのだろう。

両脚を浮かせ、豊満な逆ハート型の尻の谷間も観察すると、そこには薄桃色の蕾がひっそりと閉じられていた。

どこまでも本物そっくりに作ってあり、彼は感心しながら脚を下ろした。

そして月男は割れ目に舌を這わせて唾液に濡らし、もう我慢できずに身を起こして股間を進めた。

張り詰めた無垢な亀頭にも唾液を垂らし、その先端を割れ目に擦り付けながら、ぎこちなく位置を定めていった。

（ここかな……）

何度か押し付けながら抵抗に遇っていたが、やがて角度が良かったか、亀頭がヌルリと潜り込むと、あとは滑らかにヌルヌルッと根元まで吸い込まれていった。

「あう……」

月男は、きつい締め付けの穴に深々と納まりながら快感に呻き、暴発しそうになるのを懸命に抑えた。人形相手とはいえ、これが念願の初体験なのだから少しでも長く味わいたかった。

股間を密着させて脚を伸ばし、身を重ねていくと胸の下で巨乳が押し潰れ、心地よく弾んだ。しかも恥骨のコリコリまで下腹部に当たって擦れ、彼は何やら本当の奈保子と交わっている気になった。

体重を掛けても、壊れる心配もなさそうだ。

月男は美しい奈保子の顔に迫りながら、ぎこちなく腰を突き動かしはじめた。

唾液のヌメリに、動きは次第にヌラヌラと滑らかになって快感が増してくる。

いったん動きはじめると、あまりの心地よさに腰が止まらなくなり、彼は人形にのしかかりながらリズミカルに前後運動をし、内壁の摩擦で急激に高まった。

楽な姿勢でのオナニーに比べると運動量は多いが、人形とはいえ、何より美女と一つになっているという感激が大きかった。

そして彼は美しい奈保子人形の顔に迫り、何度となく唇を重ねて舌を挿し入れながら絶頂を迫らせていった。

もし人形の目が開いたりしたら、あまりの驚きで心臓が止まってしまうかも知れない。

しかし、そんな心配もなく人形は何の反応もせず長い睫毛を伏せたままで、とうとう月男は昇り詰めてしまった。

「く……！」

突き上がる大きな絶頂の快感に呻き、彼は股間をぶつけるように激しく律動しながら、熱い大量のザーメンをドクンドクンと勢いよくほとばしらせた。

昨夜は遠出の仕度と実家を出る緊張に珍しくオナニーしていなかったので、その快感は実に激しかった。しかも慣れたオナニーの射精ではなく、美しい美熟女人形の中に放ったのである。

「ああ、気持ちいい……」

月男は呟きながら美しい顔を見下ろし、腰を遣いながら心置きなく最後の一滴まで出し尽くしていった。

荒い息遣いを繰り返しながら徐々に動きを弱めてゆき、やがてグッタリと人形にもたれかかり、美しい顔を間近に見つめながらうっとりと快感の余韻に浸り込んだ。

まさか初めて来た家で、しかもオナニーではなく美熟女そっくりの人形の中に放つなど思いも寄らなかったことである。

何やら彼は、本当に童貞を捨てたような気になった。

ようやく呼吸を整えたが、動悸はいつまでも治まらなかった。やがて、そろそろと身を起こし、股間を引き離した。

見ると膣口からは、僅かに白濁のザーメンが逆流していた。

見回すと、床の間の隅にティッシュの箱があったので、這って移動し、箱ごと持ってきた。

激情が過ぎ去ってしまうと、日本人形たちに見られているのが急に恐くなり、月男はゾクリと背筋を震わせた。

とにかくペニスを拭ってから、さらに割れ目を拭こうとティッシュを取ると、箱が空になっていた。

（うわ、最後の一枚だった……）

彼は焦った。ティッシュの箱が空になっていると、誰かがこの部屋に侵入したことを気づかれるかも知れない。

自分の部屋のティッシュから中身を補充すれば良いだろうが、今は割れ目の処理が先決だ。ティッシュを当てて拭き清めてから、棒状によじって膣内にも押し込んでヌメリを吸い取った。

完全ではないが、まさか指まで入れて痕跡を確認するようなことはしないだろう。

拭いたティッシュはジャージのポケットに入れ、自室で捨てれば良い。

彼は下着とジャージ上下を着けると、元通り仰向けのままの奈保子人形に布団を掛け、侵入の痕跡がないか見回すと、また多くの人形たちと目が合った。

空のティッシュ箱を床の間の隅に置き、月男はいったん静かに部屋を出た。

あれから呻き声も聞こえていないので、恐らく奈保子本人は大丈夫だろうと自分に言い聞かせ、彼はそっと廊下を引き返し、順々に灯りを消していった。

そして洋館の一階に戻って動悸も治まると、今の出来事が夢だったような気がしてきた。

それでも快感の余韻が、まだ全身の隅々に残っている。

心地よい脱力感の中、もうあの薄気味の悪い部屋に戻るのが億劫になり、月男はポケットに入れて丸めた二つのティッシュを自室の屑籠に捨てると、そのまま灯りを消してベッドに横になってしまった。

(ティッシュの箱が空でも、大丈夫じゃないか……)

彼はそう思い込み、目を閉じた。都会と違い静かで、二階の香織の部屋からも何の物音も聞こえてこなかった。

魘されていた奈保子も、恐らく別の部屋で熟睡していることだろう。

月男は、今あったことをあれこれ思い出していたが、さすがに長旅の疲れと緊張があったのだろう。間もなく彼は深い眠りに落ち込んでいった。

そして人形ではなく、生きて眠っている奈保子本人の全裸を愛撫する夢をとりとめもなく見て、ふと目覚めるとカーテン越しに朝の光が差し込んでいたのだった。

4

「よく眠れたかしら？」

翌朝、朝食の席で奈保子が月男に言った。

もちろん彼女は、昨夜月男が和室に忍び込んだなど夢にも思わず、天女のような笑みを浮かべながら、ごく普通に接してくれた。

どうやら、まだティッシュの箱が空になっているのも確認しておらず、あるいは知ったにしても月男の仕業とは思わないだろう。

「ええ、静かすぎて眠れないかとも思ったけど、ぐっすり眠りました」

「そう、良かったわ」

奈保子が答えると、そこへ香織もやって来て席に着いた。今日も清楚なブラウスにスカート、輝くようなボブカットの黒髪とつぶらな目が眩しい。

「おはよう。今日は車で大学へ行ってみましょう」

香織が言い、ミルクを一口飲んだ。

朝はトーストにハムエッグ、生野菜サラダにスープだ。

「お夕食は何がいい？　嫌いなものはある？」

「いえ、何でも好きです」

奈保子が言い、月男は答えた。

実際嫌いなものはないし、しばらく美女母娘を前にした緊張する食事に慣れるまでは、ろくに味も分からないだろう。

「じゃシチューにしましょうね」

奈保子が言い、やがて食事を終えると月男はいったん部屋に戻り、寝巻兼部屋着のジャージを脱いで、持ってきたシャツとジーンズに着替えた。

そして香織に言われ、出かける前に仏間に案内された。

仏壇には、老人の遺影があり、これが奈保子の祖父、香織の曾祖父である人形師の善兵衛なのだろう。

作務衣姿で丸顔に坊主頭、丸メガネに白い無精髭の顔が笑っている。

朝の挨拶をするのが習慣らしいので、二人で線香を上げ、手を合わせた。

「善兵衛翁は、いくつで亡くなられたの？」

「九十歳で、もう半月になるわ。最後まで元気に制作していたけど」

香織が答え、すでに伝説の人ぐらいに思っていた月男は目を丸くした。

「そ、そんな最近に……」

してみると、あの奈保子人形は、善兵衛の亡妻などではなく、やはり奈保子そのものなのかも知れない。

一方、奈保子の両親は、早くに亡くなっているようだ。

「ええ、半月で工房も片付けて、人形作りの道具を処分して、月男さんの部屋も新しくしたのよ」

「そうだったの……」

「じゃ出かけましょうか」

香織が言って立ち、月男も従った。

家を出ると、庭で洗濯物を干している奈保子に挨拶して、二人は若葉マークの軽自動車に乗り込んだ。もちろん月男は助手席だ。

車内にはほんのり甘い匂いが籠もり、香織はエンジンを掛け、軽やかにスタートした。

門から出ると曲がりくねった山道を下り、歩きだと長かったが、すぐバス停の終点まで来た。

「あそこに屋根が……」

来たときは気づかなかったが、バス停脇の茂みから神社らしき千木《ちぎ》のある瓦屋根が覗いていた。本殿の屋根から突き出ている二本の千木の先端が、水平に切り取られている内削《うちと》ぎになっているので、女の神様だろう。

縦に切られた外削ぎで先端が天を突いていれば男神で、それぐらいは神社仏閣の好きな月男も知っていた。

「ええ、仁枝神社」

「にえ神社？」

月男は聞き返した。日枝《ひえ》神社というのは聞いたことがあるが、それとは別物らしい。

「ええ、住んでいる人は仁枝《にえだ》さんというけど、神社は『にえ』と読むの。由良子《ゆらこ》さんという綺麗な巫女《みこ》さんが住んでいるわ。私も仲良し。帰りに寄ってみましょう」

香織は言いながら、バスの通る舗装道路に出ると、スピードを上げて町へと向かっていった。

彼女は恐らく高校卒業後の春休みで免許を取ったばかりの若葉マークだが、ハンドルさばきは鮮やかで、元より通る車などはない。

幼顔の美少女の運転で運ばれるのも妙な感じだが、月男は当面免許を取るようなつもりはなかった。

十分ほど走るとまばらに人家が見えてきて、来たときバスの車窓から見た通り、やがてコンビニや商店なども見えはじめ、ローカル線の終着駅が近づいてきた。

さすがに駅前にはガソリンスタンドやスーパー、商店街などもあり、行き交う車や人も多い方であった。

そして駅の横にある踏切を渡ると再び昇り坂になり、二十分ほどで丘の中腹にある大学のキャンパスに到着した。

車でなければ家からバス停まで歩き、駅に着いたらバスを乗り換えるので、岸井家から大学までは一時間弱というところだろうか。

都会なら当たり前の通学時間だが、山間で、バスの本数も少ないので、やはり車でないと不便な場所であった。

駐車場に車を停めて降りると、月男は伸びをしながら大学の学舎を眺めた。

リモート講義でなく、ここへ通えるのはいつになるだろうかと思った。

「ええと、三号館の二階だわ。先輩がいるはずだから入ってみましょう。彼女の車もあるから」

香織が駐車場を見回し、知った車を確認して言った。

「うん」

「片山真理江《かたやままりえ》さんという、三年生になったばかりの人。昨日も会っていたのよ」

香織が言う。

昨日香織を家まで送り迎えしてくれたのは、その真理江という先輩だったようだ。

マスクをしてから建物の入り口で手を消毒し、二人は二階へと上がり、廊下を奥へと進んだ。

さすがに学生の姿はまばらで、学内も実に静かだった。

やがて奥まった場所へ来ると、香織はドアをノックして月男とともに入った。

月男も香織も国文で、真理江は伝承研究のサークルに所属し、ここはその部屋らしい。

誰もおらず、さらに奥の部屋から物音を聞いたか、一人の女性が出てきた。

メガネでセミロング、スラリとした長身で、マスクをしていても美女と分かる感じだ。学生だが、白いブラウスにタイトスカートという大人っぽい服装である。

三年生というから二十歳か二十一歳ぐらいだろう。眉が濃く、レンズ越しに知的な眼差しをこちらに向け、何やら図書委員といった雰囲気があった。

「月男さんを連れて来たわ」

香織が言う。どうやら昨日二人で会ったとき、居候が来ることも真理江に話していたのだろう。

「初めまして。木野月男です」

「ええ、聞いてるわ。片山真理江です。よろしく。どうぞ奥へ」

真理江が答え、二人はスチール棚や机の並ぶ雑然とした無人の部屋を通り抜け、奥の部屋へと招かれた。

そこは狭いがソファやテーブル、流し台やトイレらしきドアもあり、真理江がコーヒーを淹《い》れてくれた。今は学生が少ないし、四年生もサークルを引退したので、真理江が長となって私室のように使っているのかも知れない。

月男と香織が並んでソファに座ると、盆にカップを三つ載せて持って来た真理江が向かいのスチール椅子に腰掛けた。

「綺麗な親子の家に住めて嬉しいでしょう」

真理江が笑みを含んで月男に言う。

「ええ、それはもう……」

彼が正直に答えると、隣で香織がクスリと肩をすくめて笑った。

「私は三年前の高三のとき、香織が入学してきて、あの善兵衛先生の曾孫だと聞いて驚いたの。東京での人形展に行って感動したばかりだったから」

真理江が長い脚を組み、コーヒーをすすりながら言った。

正面なので、ややもすれば裾が開いて内腿の奥まで見えそうになり、月男も目をそらして熱いコーヒーを飲んだ。

どうやらそれ以来、二人は仲良くしているようだった。

「善兵衛先生が亡くなって資料館を作るという話も出ているけど、まだ具体化していないわ。多くのお金持ちが善兵衛作の人形を欲しがっているし、この土地に建てても多くの人は来てくれないだろうから」

「そうですか……」

「それだけじゃなく、先生の父親の善右衛門《ぜんえもん》にも多くの伝説があるわ」

真理江が言う。

「え？　善兵衛翁の先代も人形師……？」

「そうなの。代々リアル人形を作っていたので、特に戦時中は演習場で銃撃の標的にされたり、軍から慰問用の美女人形や、突撃用のカラクリ人形は作れないかって無理な依頼があったり」

真理江の言葉に、月男は驚いた。

「そ、そんな精巧なカラクリを作る材料があれば、その分を兵器に回した方が良いでしょうに……」

「ええ、でもこの土地にあった陸軍の師団は執拗に善右衛門に談じ込んだらしいわ」

そんな話になっても、香織は涼しい顔でブラックコーヒーを飲んでいた。

してみると、生身の代わりに美女人形を作れば、飲み食いも不要だから過酷な戦地にも連れて行かれ、多くの兵士たちの慰めになったに違いない。

その流れで善兵衛は親の技術を受け継ぎ、あのリアルな奈保子人形のようなものも作り上げたのだろう。

「でも人形とはいえ射撃の標的なんて、可哀想なことを……」

「ええ、その慰霊碑が仁枝神社にあるわ」

「そうなんですか……」

月男は重々しく頷いて言い、これから暮らす岸井家のことを、まだまだ自分は何も知らないのだと思った。

やがて少し雑談をしてから昼近くになったので、三人で空いている学生食堂へ行って少し早めの昼食にした。

月男はハンバーグ定食、二人はパスタで、支払いは真理江がしてくれた。

そして真理江は、まだ研究室で調べ物をするというので戻り、月男と香織は再び車に乗り、仁枝神社を訪ねたのだった。

5

「これが慰霊碑か……」

境内の隅にある『人形供養』という碑を前にして言い、月男は手を合わせた。香織も神妙な面持ちで手を合わせている。

仁枝神社はそれほど広くなく、手水舎《てみずや》に本殿、小さな社務所の脇に住まいがあるだけだった。

すると二人の気配に気づいたか、住まいの戸が開いて一人の巫女が静かに姿を現した。

これが由良子だろう。歳は、三十代か四十代か見当もつかないが、白い衣に朱色の袴《はかま》、それに青い薄衣を羽織ってマスクはしていない。

長い黒髪を後ろで束ね、切れ長の目の吊り上がった凄味のある美女であった。

「由良子さん、こんにちは。こちらは」

「ええ、知っている。木野月男」

香織が頭を下げて言うと、由良子は怖い眼で月男を見つめながら言った。

「初めまして、よろしく」

妖しいオーラに圧倒されながら月男が言うと、

「中へ」

由良子が言って踵《きびす》を返し、再び住まいに入っていった。月男も、香織に促されて中に入り、上がり込んで案内されるまま奥の部屋に行った。

和室の中は、夥しい書物。いくつもの本棚がいっぱいになり、入りきれない分は畳に積み上げられていた。

背表紙を見ると、大部分が神秘学や伝承などの古書だが、黴《かび》臭い匂いはせず、室内には生ぬるく甘ったるい匂いが立ち籠めていた。香などではなく、由良子の匂いではないかと思い、彼は思わず股間が熱くなってしまった。

それにしても、昨日美人母娘の家に来たと思ったら、翌日には真理江に由良子という、それぞれ独特の雰囲気ある美女たちと知り合え、月男は夢の世界にでも迷い込んだような気になったものだった。

どうやらこの神社は分祠《ぶんし》らしく、由良子は一人で住んでいるようだ。元より人家もない界隈だから、お詣りに来る人もなく、正月など何の催しもないのだろう。

「人形供養のお詣りをしました」

「ええ、人形に籠もる魂を供養している」

出された座布団に座って言うと、由良子が無表情に答えた。男のような話し方も、彼女独特の世界を表しているようだ。ぶっきらぼうな印象だが、その眼差しには熱い温もりが感じられた。

「仁枝《にえ》とは、生け贄の贄。その彷徨《さまよ》える御霊を祀っている」

由良子が言う。人形にも魂があると言っているのだろう。

「それにしても、大戦当時の軍は突撃用のカラクリ人形を作れなんて命じたと、さっき大学で真理江さんに聞きましたが」

「カラクリといっても、機械仕掛けとは限らぬ。何の仕掛けがなくても、動かせる方法がたった一つだけある。軍は、私の祖父にも相談に来ていた」

由良子が言い、香織は興味なさそうに本棚の背表紙を眺めていた。すでに何度も聞いた話なのかも知れない。

「え？　機械がなくても人形が動く？　それはどんな方法で……？」

「魂入れの法。私と岸井家の者には、そうした力が宿っていると言われる」

「たまいれ……？　命を吹き込むということですか」

「左様。逆に魂消えと言い、疲れた兵士の魂を抜いて肉体を休ませる法もある」

「そんな魂消《たまげ》た話が……」

月男が言うと、やはり背中で聞いていたか香織がクスッと肩をすくめた。

「抜けた魂は、持っている小さな人形に宿す」

由良子が、表情も変えずに言う。

「ちゃんと戻れるんですか」

「肉体が充分に休まれば、頃合いを見て元に戻る」

由良子の言葉に、

（まさか……！）

月男は思い当たって愕然となった。

昨夜の奈保子人形は、魂消えをした奈保子本人だったのではないだろうか、そんな気がしたのである。

人形にしてはあまりにリアルすぎたので、奈保子は自身に魂消えの法を施し、近くにある人形に宿って、人形の目から彼の行為を全て見ていたのかも知れない。

いったい何のために……。

性欲旺盛な思春期の童貞なら、夜半に忍んでくると踏んだのだろうか。あるいは日々の疲れを癒やすため、奈保子にとっては魂消えが習慣なのか。

そして魂消えの法を行なうとき、多少の苦痛を伴って奈保子は呻き声を発したのではないだろうか。

「そ、そんな術は、誰でも使えるんですか……？」

「さて、あるいは私の祖父と善右衛門が組めば、出来たのではないか。うちと岸井家による、そんな古い伝承を元に軍が依頼に来たのだと思う。結局は、何もせぬまま終戦になったようだが」

由良子が言う。そうした伝承があれば、月男も読みたいと思った。

「あの、ここの神様は」

「月読《ツクヨミ》の神」

「ツクヨミは女神なのですか」

「古事記にも日本書紀にも男女の記述はなく、当社では女神と定めている」

「なるほど……」

月男は頷いた。記紀は彼も知っていた。

日本書紀では、ツクヨミは天照大神の命で保食神《ウケモチ》に会う。ウケモチは美女で、口や尻から美味な食べ物を出して振る舞うが、それを怪しんだツクヨミがウケモチを刺し殺してしまう。

その蛮行を、太陽神であるアマテラスが悲しみ、月の神であるツクヨミと距離を隔て、それが昼と夜が別れた起源と言われる。古事記では、スサノヲがオオゲツヒメを殺したことになっている。

「魂とは玉、月を表す」

由良子が言った。

「中国に、金烏玉兎《きんうぎょくと》という言葉がある。金は太陽で、三本足の烏が住み、玉は月、兎が住むと言われている。ちなみに古武道では、眉間の急所を烏兎《うと》という。つまり両目の玉を日《じつ》月《げつ》に喩えたのである」

「はあ……」

「二つの玉は男の股間にもある。金烏玉兎を略して金玉《きんぎょく》。それが転じてキンタマと言い、睾丸もまた日月を表している」

神秘の美人巫女が金玉などと言い、月男はドキリと胸を高鳴らせ、思わず股間を熱くさせてしまった。

当然ながら年齢からして、由良子はすでに男を知っているのだろう。いや、巫女だから処女かも知れず、単に知識で言っているだけかも知れない。

そんな言葉が出ても、背を向けて本を開いている香織の反応はなかった。

「じゃ、決して金色をした玉ではなかったのですね」

「左様、全く大きさの違う太陽と月が、地球から見てほぼ同じ大きさに見えるという偶然により、陰と陽、昼と夜の多くの神話を生んだ。人は太陽神に疎んじられた月に生け贄を捧げ、やがてススキと餅を供えるようになる。丸い餅は、すなわち魂に通じる玉」

「僕の名前も月男なので、何だか縁がありますね……」

彼が言うと、由良子は神秘の眼差しでじっと月男を見つめた。女性と面と向かうことに慣れていない彼は、眩しくて俯《うつむ》いてしまった。

やがて香織が本を棚に戻して向き直ったので、そろそろ帰ることにした。

「また来ると良い」

「はい、是非また伺わせて頂きます」

由良子に言われ、辞儀をして月男は立ち上がった。そして香織と外に出て車に乗り、屋敷へと向かったのだった。

「綺麗な人でしょう」

「うん、真理江さんも由良子さんも、これまで会ったことのないタイプだよ」

ハンドルを操作しながら香織が言い、月男もまだ興奮冷めやらぬ感じで答えた。もっとも女性と接する機会は、この土地へ来るまでなかったのだからタイプも何もない。

やがて屋敷に戻って車を停めると、ちょうど奈保子が出てきた。

「お買い物に行ってくるわね」

彼女が言い、ワゴンに乗り込んで出発していった。

入れ替わりに中に入ると、キッチンではすでにシチューの準備が整えられていた。

「私のお部屋に来て」

手を消毒してマスクを外すと香織が言い、月男も彼女のあとから洋館の階段を上がっていった。

スカートの裾とハイソックスの間の絶対領域、可憐なヒカガミと白い肌を見ながら上がると、スカートの揺れる裾が生ぬるい風を彼の顔に送ってきた。

二階へ行くと二人は、ちょうど月男の部屋の真上にある部屋へと入った。

第二章　蜜の味

1

「へえ、いい部屋だね」

　月男は見回しながら、室内に籠もる甘ったるい思春期の匂いに胸を高鳴らせた。

　窓際にベッド、手前に学習机に本棚。並んでいる本も文学やミステリーばかりで、ごく普通の十八歳の部屋なのだろう。

　作り付けのクローゼットはあるが、室内に二つ、ビニール製のファンシーケースが並んで置かれていた。

二階には他にも部屋があり、トイレもあるようだ。だから香織は夜中に催しても、母屋まで降りなくても用が足せるのだろう。

香織にすすめられて椅子に掛けると、彼女はベッドに腰を下ろした。

「月男さんは、彼女いるの？」

「いないよ、今までに一人も」

唐突に訊かれ、彼は戸惑いながら正直に答えた。

「そう、恋人がいたら一人でこんな田舎に来ないわね。じゃまだ童貞？」

香織があっけらかんというので、月男は股間を熱くさせてしまった。

由良子の際どい話を聞いても動じなかったので、この超美少女も案外大胆なところを持っているのかも知れない。

「うん、まだキス体験もないんだ……」

月男は言いながら、昨夜の奈保子人形が万一、魂消えをした本人ならばファーストキスはしているのだが、もちろん言うわけにいかない。第一、相手が昏睡していたら、それは同意のキスではないのである。

「香織ちゃんは、彼氏いるの？」

思いきって訊いてみると、

「ええ、もちろんいるわ。初体験も済んでいるし」

香織が答え、月男は心底からガッカリした。

昨日の奈保子の話では、香織は女子高を出て、ろくに男と喋ったことがないと言うから
てっきり処女と思い込んでいたのだ。

「会わせてあげる。ほら」

と、香織が立って言い、ファンシーケースの一つのファスナーを下げて開いた。

「あ……！」

見ると、中には等身大の青年の人形が浴衣姿で立っているではないか。

黒髪が植えられ、端整な顔立ちだが、どこか月男自身にも似ている。まあ顔立ちは、あ
る程度整っていれば、みな似通うのかも知れない。

「星男《ほしお》って名付けたのよ。善兵衛おじいさんが若い頃の自分を作ってみたらしいの」

香織が言う。

してみると名前や顔の感じからして、それで彼女も初対面の月男にも何となく親しみを
持ってくれたのだろう。

とにかく月男は、善兵衛の作品で、初めて男の人形を見た。

中肉中背で、身長も年齢もほぼ月男と同じ。しかも浴衣の股間が、やけに突っ張ってテントを張っているではないか。

「これ、気になるでしょう。ほら」

香織が、彼の視線に気づいたように言って裾をめくった。

すると勃起したペニスがリアルに作られ、急角度にそそり立っているではないか。幹の青筋や張り詰めた亀頭の光沢まで本物のようで、しかも巨根ではなく標準タイプ、つまり月男自身の勃起時とほぼ同じであった。

「すごいでしょう。人形はボッキしないから、最初からこのように作られているのよ」

「じゃ、初体験の相手というのは、これ……」

「ええ、もちろん。私は星男しか知らないわ」

それを聞き、月男は心からほっとしたものだった。生きていない人形相手なら嫉妬心も湧かない。

この、勃起した作り物のペニスが、この超美少女の処女を奪い、幼い蜜と破瓜の鮮血を吸っているのだ。恐らく香織は、この星男を全裸にさせてベッドに横たえ、上から跨がって挿入したのだろう。

それにしても、善兵衛の執着と欲望はどのようなものなのか。

曾孫娘が好奇心を抱くよう、自分の若い頃の勃起した人形を作り上げたのである。

やがて香織は星男の裾を元通りにして、彼に向き直った。

「ね、脱いで本物を見せて」

言われて、月男はドキリとした。

「いや？」

「い、いいけど、それより、こっちには何が……」

彼は戸惑いながら、並んでいるもう一つのファンシーケースを指した。

「いいわ、見せてあげる」

言うと香織は気さくにファスナーを下ろした。

すると中には、メイド服を着た香織そっくりな人形が立っていたのである。

白いレースのヘッドドレスを着け、黒と白の豪奢な衣装が、ボブカットで目の大きな香織の顔に良く似合っていた。

「す、すごい……、この子の名前は……」

「これは香織、私そのもの」

言われて、月男は自分たちそっくりな男女の人形を見つめた。

「さあ、もういいでしょう。脱いで」

「う、うん。でも僕だけ裸になるのは恥ずかしいので……」

「もちろん私も」

彼が興奮と緊張に息を震わせて言うと、香織は頷き、すぐにもブラウスのボタンを外しはじめた。

「ママは夕方まで帰らないと思うわ。それに戻っても夕食で呼ぶまで、二階には決して上がってこないから」

香織は言いながら、ためらいなくブラウスとスカートを脱いでいった。

月男も激しい興奮と羞恥に指を震わせ、シャツとズボンを脱ぎ去り、靴下と下着まで脱いで全裸になってしまった。

そして先にベッドに横になると、枕には何とも悩ましい匂いが沁み付いていた。髪の匂いやリンス、体臭や汗、涎などの入り混じった匂いなのだろうが、その刺激が鼻腔から股間に伝わり、はちきれそうなほどピンピンに勃起してしまった。

背を向けて脱いでいた香織は、白く滑らかな背中を見せ、最後の一枚を下ろしながら形良い尻をこちらに突き出した。

（何て綺麗な……、とうとう念願の初体験を……）

月男は興奮に高まり、美少女の裸を見ただけで思わず射精しそうになってしまった。

それにしても、昨日来て会ったばかりなのに、もうこのような行為を体験できるなど夢にも思わなかったものだ。

やがて一糸まとわぬ姿になった香織が向き直り、胸も股間も隠さず、ためらいなくベッドに上ってきた。

あるいは彼を人形のように思い、羞恥など感じないのかも知れない。それこそ、仰向けにさせた星男を相手に、年中やっている行為なのではないか。

「先に見せてね」

香織は、さして緊張した様子もなく言い、仰向けの月男を大股開きにさせ、その真ん中に腹這いになってきた。

「ああ……」

股間に熱い視線と息を感じ、月男は期待と緊張に喘いだ。

香織は手を伸ばし、そっと幹に触れてきた。

「温かいわ。血が通っている……」

彼女が呟き、張り詰めた亀頭にも指を這わせ、さらに陰嚢《いんのう》を撫で回して二つの睾丸を確認すると、袋をつまみ上げて肛門の方まで覗き込んできた。

観察を終えると再び幹をやんわりと手のひらに包み込み、ニギニギと愛撫しながら顔を寄せてきたのだ。

そして粘液の滲む尿道口をチロチロと舐め回し、張り詰めた亀頭もくわえて吸い付きながら、たっぷりと唾液で濡らしはじめた。

愛撫というより、挿入を前に濡らしているだけのようだ。

「い、いきそう……、待って、今度は僕が……」

急激に絶頂を迫らせた月男が腰をよじって言うと、香織も素直にチュパッと軽やかに口を離してくれた。

「どうすればいいの？」

「仰向けになって……」

言うと彼女が添い寝し、月男は入れ替わりに身を起こした。そして仰向けになった超美少女を見下ろし、吸い寄せられるように乳房に顔を埋め込んでいった。

チュッと乳首に吸い付いて舌で転がし、顔中で柔らかく張りのある膨らみを感じると、

「あん……」

香織がビクリと反応し、か細く声を洩らした。やはり人形相手では、することはあってもされるのは初めてで、実に新鮮な感覚を得ているのだろう。

月男も、彼女が受け身になり自分が積極的に愛撫する側になると少し気が楽になり、欲望を全開にさせていった。

左右の乳首を交互に含んで舐め回し、やがて奈保子のように豊かになる兆しを持つ膨らみを充分に味わうと、彼は香織の腕を差し上げ、腋の下にも鼻を埋め込んでいった。嗅ぐと、そこは生ぬるく湿り、何とも甘ったるい汗の匂いが籠もっていた。

「あう、ダメ、くすぐったいわ……」

香織が声を震わせ、クネクネと身をよじって濃い匂いを揺らめかせた。

胸いっぱいに嗅いでから滑らかな肌を舐め降り、脇腹から真ん中に戻って愛らしい縦長の臍を舌先で探った。

ピンと張り詰めた下腹に耳を押し当てると心地よい弾力が感じられ、微かな消化音が聞

こえた。人形でない証拠である。

しかし彼はまだ股間には向かわず、腰から滑らかな脚を舐め降りていった。

肝心な部分を嗅いだり舐めたりしたら、どうしてもすぐ入れたくなり、あっという間に終わってしまうだろう。

これほどの超美少女を相手にしているのだから、まずは隅々まで女体を探求したいと思った。

スベスベの脚を舐め降り、足首まで行くと足裏に回り込み、踵から土踏まずを舐め、縮こまった指の間に鼻を割り込ませて嗅いだ。そこも腋以上に蒸れた匂いが沁み付き、彼は爪先にしゃぶり付き、汗と脂の湿り気を貪った。

2

「あん、汚いわ、そんなこと……」

香織が可憐な声を上げ、ガクガクと脚を震わせたが完全に拒もうとはしていなかった。

月男は両足ともしゃぶって全ての指の股を味わい、味と匂いが薄れるほど貪り尽くしてしまった。

いったん顔を上げ、香織うつ伏せにさせると、月男は彼女の踵からアキレス腱、汗ばんだヒカガミを舐め、太腿から尻の丸み、腰から滑らかな背中を舐め上げていった。

背中にはブラの痕がうっすらと印され、そこを舐めると淡い汗の味が感じられた。

「アア……」

背中は感じるらしく、彼女は顔を伏せたまま喘いだ。

肩まで行ってしなやかな黒髪に鼻を埋めて甘い匂いを嗅ぎ、耳の裏側の湿り気にも舌を這わせた。

香織も、くすぐったそうに肩をすくめてじっと息を潜めている。

月男は再び背中を舐め降り、たまに脇腹に寄り道して肌を味わいながら、形良い尻に戻ってきた。

うつ伏せのまま股を開かせて腹這い、尻に顔を寄せて指でムッチリと谷間を広げると、奥には可憐な薄桃色の蕾がひっそり閉じられていた。

鼻を埋め込むと顔中に双丘が密着して弾み、蕾に籠もった蒸れた匂いが鼻腔を悩ましく刺激した。

舌を這わせて細かに息づく襞を濡らし、ヌルッと潜り込ませて滑らかな粘膜を探ると、

「く……、そこダメ……」

香織が呻き、反射的にキュッと肛門で舌先を締め付けてきた。

なおも内部で舌を蠢かすと、彼女は尻を庇うように再び寝返りを打ち、仰向けになってしまった。

月男も片方の脚をくぐり、開かれた股間に顔を迫らせ、健康的な張りに満ちた内腿を舐め上げて割れ目を観察した。

ぷっくりした丘には楚々とした若草が煙り、丸みを帯びた割れ目からは小振りの花びらが僅かにはみ出していた。そっと指を当てて陰唇を左右に広げると、微かにクチュッと湿った音がして中身が丸見えになった。

花弁状に襞の入り組む膣口が息づき、すでにヌメヌメと大量の蜜に潤っていた。

人形の星男に処女を捧げても、まだ生身の男は相手にしていない無垢だ。

ピンクの柔肉にあるポツンとした尿道口も確認でき、包皮の下からは小粒のクリトリスが光沢を放ち、愛撫を待つようにツンと突き立っていた。

もう堪らず、彼は吸い寄せられるように顔を埋め込んでいった。

「あう……！」

香織が熱く呻き、キュッときつく内腿で彼の両頬を挟み付けてきた。

柔らかな茂みに鼻を擦りつけて嗅ぐと、隅々に籠もる汗とオシッコの混じった匂いが可愛らしく蒸れ、悩ましく鼻腔を刺激してきた。

彼は何度も吸い込んで胸を満たし、舌を這わせていった。

陰唇の内側を探ると、淡い酸味のヌメリが舌の動きを滑らかにさせた。そして膣口の襞をクチュクチュと探り、滑らかな柔肉を味わいながらゆっくりクリトリスまで舐め上げていくと、

「アアッ……、いい気持ち……」

香織がビクッと顔を仰け反らせて喘ぎ、内腿に強い力を込めてきた。

月男はもがく腰を抱え込んで抑えながら、チロチロと舌先で弾くようにクリトリスを舐めては、溢れる清らかな蜜をすすった。

「い、いきそう、もう止して、入れたいわ……」

すると香織も、すっかり高まったように声を上ずらせて大胆に言ってきた。

やはり人形との挿入ばかりでなく、自分でクリトリスをいじって得るオルガスムスも知

っているのだろう。

彼は、超美少女の味と匂いを充分に堪能してから顔を上げた。

「お願い、私が上になりたいわ……」

香織が息を弾ませ、身を起こしながら言った。やはり星男を相手にしている体位が良いのだろう。

月男も移動して仰向けになると、香織はためらいなく彼の股間に跨がり、幹に指を添えながら勃起した先端に割れ目を押し当ててきた。慣れた感じなので、いつもこのように人形を相手にしているようだ。

何度か擦ってから位置を定め、やがて香織を息を詰め、ゆっくりと腰を沈み込ませていった。

張り詰めた亀頭が潜り込むと、あとは潤いと重みでヌルヌルッと滑らかに根元まで受け入れていった。

「アアッ……！」

香織が身を反らせて喘ぎ、完全に座り込んでピッタリと股間を密着させた。

月男も、滑らかな肉襞の摩擦ときつい締め付け、熱いほどの温もりと大量のヌメリに包まれ、懸命に肛門を引き締めながら暴発を堪えた。

奈保子そっくりの人形を相手にしたときとは異なる温もりと息づく感触が伝わってきた。

彼女も、すでに人形での挿入により、破瓜の痛みなどはなく、むしろ生身の肉棒を受け入れた感慨に耽っているようだ。何度かグリグリと股間を擦り付けてから、上体を起こしていられなくなったように身を重ねてきた。

月男も下から両手を回して抱き留め、僅かに両膝を立てて蠢く尻を支えた。

胸に乳房が押し付けられて心地よく弾み、恥毛が擦れ合い、コリコリする恥骨の膨らみも伝わってきた。

「な、中に出して大丈夫なの……？」

「ええ……、真理江さんにピルもらっているので……」

ふと心配になって訊くと、香織が答えながら徐々に腰を遣いはじめた。

ネットの知識にすぎないが、ピルは避妊のためではなく、生理不順の解消のため服用しているのだろう。

それならと彼も安心し、徐々に股間を突き上げはじめた。

「あう、感じるわ……」

膣内の天井を擦られ、香織が味わうようにキュッキュッと締め上げてきた。やはり人形を相手に自分だけ動くより、下からの突き上げが良いらしい。

そして香織が顔を寄せ、上からピッタリと唇を重ねてきたのだ。

さんざん互いの局部まで舐め合ったのに、最後の最後でファーストキスというのもなかなか興奮するものだった。

柔らかな唇が密着し、グミ感覚の弾力と唾液の湿り気が感じられた。

香織が密着したまま口を開き、ヌルリと舌を潜り込ませて彼の歯並びを舐め回した。

月男も歯を開いて舌を触れ合わせると、それはまるで遊んでくれるようにチロチロと蠢き、彼は美少女の熱い吐息で鼻腔を湿らせ、生温かな唾液に濡れて滑らかに動く舌を味わった。

その間も彼女の腰の動きが続き、月男も股間を突き上げ、何とも心地よい摩擦に高まっていった。

「アア……、いきそうよ……」

香織が口を離し、淫らに唾液の糸を引きながら喘いだ。美少女の喘ぐ艶めかしい顔を間近に見上げ、彼は熱く湿り気ある吐息に酔いしれた。

鼻から洩れる息は熱いばかりで無臭に近かったが、口から吐き出される息は甘酸っぱい果実臭が濃厚に含まれ、それにパスタの名残か淡いガーリック臭も混じって悩ましく鼻腔を刺激してきた。

もっときつい匂いでも、美しい顔とのギャップ萌えで興奮が増したことだろう。

人形ではなく生きた美少女の吐息の匂いに酔いしれ、あまりの快感に動きが止まらず、とうとう月男は昇り詰めてしまった。

「い、いく……！　気持ちいい……」

突き上がる絶頂の快感に口走りながら、彼は熱い大量のザーメンをドクンドクンと勢いよく柔肉の奥にほとばしらせた。

「ヒッ……！　熱いわ、いく……、アアーッ……！」

噴出を感じた途端、香織もオルガスムスのスイッチが入ったように声を上ずらせ、ガクガクと狂おしい痙攣を開始した。やはり人形のペニスは射精しないから、その温もりが良かったのだろう。

膣内の収縮が増し、大量の愛液が互いの股間を熱くビショビショにさせた。動きに合わせてピチャクチャと淫らに湿った摩擦音が響き、あとは声もなく互いに快感を嚙み締めながら股間をぶつけ合った。

「ああ……」

やがて最後の一滴まで出し切った月男は声を洩らし、徐々に突き上げを弱めていった。

いつしか香織も失神したように肌の硬直を解き、グッタリともたれかかりながら、なおも収縮を繰り返していた。

締め上げられるたび、射精直後で過敏になったペニスがヒクヒクと内部で跳ね上がり、

「も、もう動かないで……」

香織も敏感になっているかのように口走り、幹の震えを押さえつけるためかキュッときつく締め上げた。

月男は美少女の温もりと重みを受け止め、本当に童貞を失った感激に浸った。

そして香織の吐き出すかぐわしい吐息を胸いっぱいに嗅ぎながら、彼はうっとりと快感の余韻を味わったのだった。

3

「ああ、星男よりも良かったわ、すごく……」

香織が呼吸を整えて言い、そろそろと股間を引き離すと、そのまま甘えるように月男に身を寄せてきたので、彼も腕枕してやった。

「そんなこと言うと星男が怒るよ」

美少女の温もりを感じながら彼は答え、思わず人形の方を見た。

すると並んでいる星男も香織人形も、じっとこちらを見つめていた。

さすがに激情が過ぎてしまうと薄気味悪くなり、月男は目をそらせて香織の髪の匂いを嗅ぎながら安らぎに浸った。

何やら、このまま眠ってしまいたいような心地よさが感じられた。

すると、いつしか香織もまどろんでいるようだ。腕にかかる頭の重みが愛しく、思わず可憐な顔を覗き込んだ。

（え……？）

すると香織は、呼吸をしていないではないか。しかも温もりが急激に冷めていった。

(た、魂消え……?)

月男は、どうしようかと思い、思わず香織を揺すった。

そのときカタカタと音がして、香織人形が動きはじめたではないか。

「うわ……!」

月男は声を上げ、動く人形を凝視して凍り付いた。メイド姿の香織人形は、意外に素早くベッドまで来て屈み込み、近々と彼の顔を覗き込んだ。

「ツキオ、ワタシニモシテ……」

乾いた声で囁かれ、月男は必死に昏睡している香織を揺すった。

「か、香織ちゃん、起きてくれ……!」

彼は言ったが、何やら急にすうっと気が遠くなり、ふと気がつくと、ベッドに自分が香織と寝ていて、そこにのしかかる香織人形が見えた。

(こ、これは星男の視界か……)

どうやら月男の魂も肉体を抜け、星男の人形に移ってしまったようだ。

(た、大変だ、戻れなくなったらどうしよう……!)

月男は激しくもがいたが、星男の人形はピクリとも動かない。

そのとき、月男は激しく全身を揺さぶられた。

「月男さん、起きて。なに魘されてるの」

香織の声がし、目を開けると彼女が心配そうに顔を覗き込んでいる。

驚いて見回すと、並んだファンシーケースには星男と香織の人形がそのまま立っているだけだ。

どうやら、初体験の余韻で眠ってしまったのは香織ではなく月男の方で、短い間に夢を見ていたらしい。

「ああ、驚いた。夢か……」

月男は手の甲で額の脂汗を拭って言い、荒い呼吸を整えた。

「恐い夢を見たの？　シャワー浴びて目を覚ましましょう」

香織が言ってベッドを降りたので、彼も立ち上がり、脱いだものを抱えた。何やら、もうこの部屋に戻って来たくなかったのだ。

二人で全裸のまま部屋を出ると階段を下り、そのまま母屋のバスルームに入った。

香織がシャワーの湯を出そうとすると、

「待って、洗う前にもう一度匂いを嗅ぎたい……」

二階の部屋を出ると急に元気になり、彼は再び興奮しながら言って床に腰を下ろした。

そして目の前に香織を立たせ、片方の足を浮かせてバスタブのふちに乗せ、開いた股間に顔を押し付けた。

柔らかな恥毛に沁み付いた美少女の匂いを貪り、舌を這わせると、生身との初体験を終えたばかりの割れ目からは新たな蜜が溢れてきた。

自分のザーメンが少々逆流しているが構うことなく、月男は舌を這わせてヌメリを味わい、クリトリスに吸い付いた。

「あん……、ダメ、何だか漏れちゃいそう……」

香織が息を震わせて言い、ガクガクと膝を震わせながら彼の頭に両手で摑まった。

「いいよ、出しても」

月男は味と匂いを堪能しながら答え、執拗に柔肉を舐め回した。高まる興奮に、天使から出るものなら何でも受け入れたい気持ちだった。

すると中の柔肉が迫り出すように盛り上がり、味わいと温もりが変化した。

「あう、出るわ、いいの……？」

香織が息を詰めて言った途端、熱い流れがチョロチョロとほとばしってきた。

それを舌に受けると、薄めた桜湯のように淡く清らかな味わいで、喉に流し込むにも何の抵抗もなかった。むしろ天使の出したものを、すんなり飲み込めることが月男は嬉しかった。

「アア……」

香織は喘ぎ、次第に勢いを付けて放尿した。

口から溢れた分が温かく胸から肌に伝い流れ、すっかりピンピンに回復しているペニスが心地よく浸された。

やがてピークを過ぎると急に勢いが衰え、間もなく流れが治まってしまった。

月男は蜜の混じった余りの雫をすすり、残り香の中で舌を這わせた。

「も、もうダメ……」

香織が言ってビクリと腰を引き離し、足を下ろすなりクタクタと椅子に座り込んでしまった。

月男もシャワーの湯を出し、手で温度を確認してから香織の体に浴びせてやった。

ようやく彼女が気を取り直して股間を洗い、月男も全身を流した。

湯を止めると、フラつく彼女を支えながら立たせ、互いの身体を拭いて脱衣所を出た。

するると香織はまずキッチンに行き、シチューに火をかけた。

「今度は僕の部屋へ来て」

彼は言い、脱いだものを持って自分の部屋に入った。もちろんまだ身繕いはせず、彼女をベッドに誘った。

「また勃《た》っちゃった……」

添い寝しながら甘えるように言い、勃起した幹をヒクつかせると、

「私は、もう今日は充分。またしたら動けなくなりそう……」

香織が、やんわりと幹を手のひらに包みながら答えた。

「うん、指でいいからして」

言うと彼女もニギニギと動かしてくれた。

月男は仰向けの受け身体勢になり、快感の中心部を弄《もてあそ》ばれながら幹を震わせ、美少女の顔を引き寄せて唇を重ねた。

香織もいじりながら果実臭の息を弾ませ、チロチロと舌をからめてきた。

「もっと唾を出して……」

唇を触れ合わせながら囁くと、香織も懸命に分泌させ、生温かく小泡の多い唾液をトロトロと口移しに注ぎ込んでくれた。

彼は味わい、うっとりと喉を潤すと甘美な悦びが胸に広がった。

さらに移動し、美少女の開いた口に鼻を押し込み、熱く湿り気ある甘酸っぱい息を胸いっぱいに吸い込んだ。

香織も惜しみなく嗅がせてくれ、その間も指の愛撫はリズミカルに続き、月男は急激に絶頂を迫らせていった。

「ね、お口に出して」

彼女が指を離して言い、返事も待たずに移動していったのだ。

大股開きになると香織は腹這い、まずは彼の両脚を浮かせ、自分がされたように尻の谷間に舌を這わせてくれた。

チロチロと舌先が滑らかに肛門をくすぐり、ヌルッと潜り込むと、

「あう……！」

月男は妖しい快感に呻き、美少女の舌先を味わうようにモグモグと締め付けた。

香織が熱い鼻息で陰嚢をくすぐりながら、内部で舌を蠢かせると、まるで内側から刺激

されたように勃起したペニスがヒクヒクと上下した。

ようやく脚が下ろされると彼女は舌を引き離し、そのまま陰嚢を舐め回してくれた。

股間に熱い息が籠もり、内腿をしなやかな髪がくすぐった。香織は二つの睾丸を舌で転がし、袋全体を温かな唾液にまみれさせると、いよいよ鼻先で震えている肉棒の裏側を舐め上げてきた。

股間を見ると、この世のものとも思われぬ超美少女が、まるでソフトクリームでも舐めるように、無邪気に舌を這わせていた。

先端まで来ると、粘液が滲んでいるのも厭わずチロチロと舐め回し、張り詰めた亀頭をくわえ、小さな口を精一杯丸く開いてスッポリと喉の奥まで呑み込んでいった。

「ああ……」

月男は快感に喘ぎ、美少女の温かく濡れた口の中で幹を震わせた。

香織は熱い鼻息で恥毛をそよがせ、幹を締め付けて吸い、口の中ではクチュクチュと舌をからめてくれた。

「い、いきそう……」

清らかな唾液にまみれながら口走ると、香織は顔を上下させ、濡れた口でスポスポと強

烈な摩擦を開始したのだ。あまりの快感に、思わず彼もズンズンと股間を突き上げはじめると、

「ンン……」

喉の奥を突かれた香織が小さく呻き、さらに大量の唾液でペニスを浸した。

「い、いく……、アアッ……!」

とうとう絶頂の快感に貫かれ、月男は身を震わせながら喘いだ。

二度目とも思えない快感と量で、彼はありったけの熱いザーメンをドクンドクンと勢いよくほとばしらせ、美少女の口を汚すという禁断の思いも快感に拍車を掛けた。

「ク……」

喉の奥を直撃されて小さく呻いたが、香織はなおも摩擦と吸引、舌の蠢きを続行してくれた。

彼は心置きなく最後の一滴まで出し尽くし、深い満足に包まれながら突き上げを止め、グッタリと身を投げ出した。すると香織も愛撫の動きを止め、亀頭を含んだまま口に溜まったザーメンをゴクリと飲み干してくれたのだ。

「あう……」

喉が鳴ると同時に口腔がキュッと締まり、月男は駄目押しの快感に呻いた。

ようやく香織も口を離し、なおも余りを絞るように指で幹をしごき、尿道口に脹らむ白濁の雫まで丁寧にペロペロと舐め取ってくれたのである。

「も、もういいよ、有難う……」

過敏に反応しながら腰をよじって言うと、香織も舌を引っ込めてくれた。

彼女を抱き寄せ、腕枕してもらいながら月男は荒い呼吸を繰り返して余韻に浸った。

美少女の吐き出す熱い息にザーメンの生臭さは残っておらず、さっきと同じ甘酸っぱい果実臭がしていた。

4

「じゃ今夜は早めに寝るわね。おやすみなさい」

シチューの夕食と洗い物を終えると香織が言い、先に洋館の二階へ戻っていった。

さすがに生身の人間との初体験を終え、今夜はゆっくり休みたいのかも知れない。

もちろん奈保子は、娘のそんな事情に気づくこともなく、全く普段と変わりなかった。

今夜は風呂は沸かさないようだ。

入浴は一日置きぐらいで、母娘ともそれほど動く方でもないし、暑くも寒くもない良い季節で、気になればシャワーだけでも済むだろう。

月男は、少しリビングでテレビのニュースを見てから歯磨きも終えたので、自分もそろそろ部屋へ戻ろうかと思った。

（本当に昨夜のあれは、奈保子さんの人形ではなく、魂消えした本人だったのだろうか）

それも気になっていたが、奈保子に訊くわけにもいかない。

やがて奈保子も片付けと戸締まりを終えたので、

「じゃ部屋に戻ります。おやすみなさい」

彼は立って言い、そのまま母屋から洋館の一階の部屋へと戻った。

ジャージ上下を脱いで灯りを消し、Ｔシャツとトランクス姿になってベッドに横になると、やはり二階で寝ている香織が浮かんだ。

（初体験したんだなあ……）

感慨を込めて思い、香織との行為を一つ一つ思い出すと激しく勃起してきてしまった。

考えてみれば、ここへ来てからオナニーはまだしていないのだ。

昼間香織の膣と口に一回ずつ射精しているが、今夜もう一度抜かないと眠れそうになかった。

月男は布団をはぎ、全身が火照ってきたのでTシャツとトランクスまで脱ぎ去り、全裸で仰向けになって幹をしごきはじめた。

すると、そのときである。

そっとドアが開いて誰かが入ってきた。

（え……？）

ビクリと硬直しながら暗い部屋で目を凝らすと、それは香織ではなく、熟れた甘い匂いのする奈保子ではないか。

次第に目が慣れると、奈保子は着ていた寝巻を脱ぎ去った。下には何も着けておらず、闇に白い全裸が浮かび上がった。

「自分でしなくていいのよ。お願い、じっとして、今日は私の好きにさせて」

奈保子がベッドに上りながら囁いた。

「じゃ、ゆうべのはやっぱり……」

「黙って」

彼女が顔を寄せて言い、ピッタリと彼の唇を塞いできた。

生温かく湿った唇が重なると、月男は興奮に身を強ばらせながら、また夢でも見ているのではないかと自分の太腿をそっとつねったが、確かにこれは現実であり、奈保子は呼吸して血の通った生身であった。

真上で寝ている香織は、このような展開になっていることなど夢にも思わず静かに眠っていることだろう。

「ンン……」

奈保子が熱く鼻を鳴らし、ヌルリと舌を潜り込ませてきた。

月男も歯を開き、舌を触れ合わせると奈保子の長い舌がネットリとからみつき、慈しむように彼の口の中を舐め回した。

彼も滑らかに蠢く舌を舐め、生温かな唾液のヌメリを味わい、美熟女の吐息で鼻腔を湿らせた。

長いディープキスが終わって唇が離れると、室内の空気がやけにひんやり感じられた。

「アア、可愛い……」

奈保子が感極まったように言い、彼の頰や髪を撫で回した。美熟女の吐息は白粉《おしろい》のように甘い刺激を含み、寝しなの歯磨きによるハッカ臭もほんのり混じって彼の鼻腔を悩ましく掻き回した。

するとと奈保子は身を乗り出し、何とも豊かな巨乳を彼の顔に押し付けてきたのだ。

乳首を含まされ、彼が吸い付いて舌で転がすと、

「ああ、いい気持ちよ……」

奈保子が熱く喘ぎ、顔中に柔らかな膨らみを押し付け、月男は心地よい窒息感に噎《む》せ返った。抱きつこうにも、美熟女の欲望に圧倒され、全身が硬直していた。まるで昨夜とは逆に、自分が人形になって弄ばれているようだ。

奈保子は充分に吸わせてから、もう片方の乳首を含ませてきた。

彼は両の乳首を充分に味わい、肌の温もりと巨乳の感触、生ぬるく甘ったるい体臭に包まれて興奮を高めた。

巨乳が離れると、月男は懸命に動いて奈保子の腋の下にも鼻を埋め込んでいった。

生ぬるく湿った淡い腋毛には、さらに濃厚なミルクに似た汗の匂いが籠もって鼻腔を刺激してきた。

「ああ、恥ずかしいわ……」

奈保子は言いながらも拒みはせず、のしかかって熟れ肌を密着させた。

「ね、上から入れてもいい？」

「そ、その前に舐めたい……」

彼女が囁くので、月男は必死にせがんだ。簡単に終えてしまうのは、あまりに惜しい。

香織が天使なら、奈保子は女神である。

「お願い、先に足を……」

「こう……？」

言うと奈保子も、月男の顔の横に前進し、片方の足裏を彼の顔に乗せてくれた。

やはり奈保子は、昨夜の彼の行為を知っているから、ためらいなく足を舐めさせてくれるのだろう。

月男は足裏に舌を這わせ、形良く揃った指の間に鼻を割り込ませて嗅いだ。そこは昨夜とは違って汗と脂に生ぬるく湿り、蒸れた匂いが濃く沁み付いていた。

美女の足の匂いを貪ってから爪先にしゃぶり付き、全ての指の股に舌を挿し入れて味わった。

「あう、汚いのに……」

彼女は呻きながらも拒まず、唾液にまみれた指でキュッと彼の舌先を挟み付けた。

そして両足とも嗅いだり舐めたりさせてもらうと、

「ね、顔に跨がって」

彼は口を離して言った。

奈保子も身を起こし、そろそろと彼の顔に跨がると、羞じらいながらも和式トイレスタイルでしゃがみ込んでくれた。ベッドの柵に摑まるので、まるでオマルにでも跨がったようだ。

肉づきの良い脚がM字になり、さらに脹《ふく》ら脛《はぎ》も内腿もムッチリと量感を増して張り詰めて、熟れた股間が彼の鼻先に迫った。

「アア、こんな格好させるなんて……」

彼女は声を震わせながら、座り込まないよう懸命に彼の顔の左右で両足を踏ん張った。

はみ出した陰唇が僅かに開き、かつて香織が生まれ出てきた膣口が襞を入り組ませ、妖しく息づいていた。

ピンクの柔肉全体は、ヌメヌメと大量の愛液に潤い、小指の先ほどのクリトリスも真珠色の光沢を放っていた。

恥毛の生え具合もクリトリスの形も、昨夜人形と思ってみた奈保子の股間と同じであった。違うのは、血が通って温もりと匂いがあることだ。

茂みの丘に鼻を埋め込むと、生ぬるく蒸れた汗とオシッコの匂いが籠もり、悩ましく鼻腔を刺激してきた。

月男は胸を満たしながら舌を挿し入れ、淡い酸味のヌメリを掻き回し、膣口からクリトリスまで舐め上げていった。

「ああッ……、いい気持ち……」

奈保子が喘ぎ、白い下腹をヒクヒク波打たせた。

彼はチロチロと舐めては、新たに滴ってくる愛液をすすり、さらに白く豊満な尻の真下に潜り込んでいった。

顔中に双丘を受け止め、谷間の蕾に鼻を埋めると、やはり蒸れた汗の匂いが籠もっていた。そして念入りに舌を這わせて息づく襞を濡らし、香織にもしたようにヌルッと潜り込ませて滑らかな粘膜を探ると、

「あう……」

奈保子が呻き、キュッときつく肛門で舌先を締め付けてきた。

割れ目からは愛液が溢れ、ツツーッと糸を引いて彼の鼻先を生ぬるく濡らした。

月男は内部で充分に舌を蠢かせてから、再び割れ目に戻って大量のヌメリを舌で掬い取り、クリトリスに吸い付いた。

「も、もうダメ……」

奈保子が声を上ずらせて言い、懸命に柵に縋《すが》って腰を浮かせた。そして彼の上を移動してゆき、屹立したペニスに屈み込んできた。

舌を伸ばして粘液の滲む尿道口を舐め回し、熱い息を股間に籠もらせながら、スッポリと喉の奥まで呑み込んでくれた。

5

「ああ、気持ちいい……」

月男は快感に喘ぎ、奈保子の口の中で唾液に濡れたペニスを震わせた。

彼女もたっぷりと唾液を出しながら舌を這わせ、幹を丸く締め付けて吸ってくれた。

舌が滑らかにからみつくたび、ゾクゾクと大きな快感が湧き上がり、否応なく腰がくねった。

「い、いきそう……」

絶頂を迫らせて言うと、奈保子もスポンと口を離して身を起こし、

「いい？」

小さく言いながら前進して跨がった。

唾液に濡れた先端に割れ目を押し当て、自ら指で陰唇を広げながら膣口にあてがうと、息を詰めてゆっくり座り込んできた。

たちまち張り詰めた亀頭が潜り込み、あとはヌルヌルッと滑らかな肉襞の摩擦を受け、彼自身は根元まで呑み込まれていった。

「アア……、いいわ、奥まで届く……」

奈保子が顔を仰け反らせて喘ぎ、ピッタリと股間を密着させた。中は熱く濡れ、味わうような収縮が何とも心地よかった。人形との違いが分からず、やはりあのときは魂消えの状態だったのだろうと思った。

（とうとう、母娘の両方と……）

月男は快感と感激に包まれながら思い、幹を震わせながら温もりと感触を味わった。

奈保子は何度かグリグリと股間を擦り付けるように動かしてから、白く豊満な熟れ肌を重ねてきた。

実に締まりが良く、ヌメリで押し出されるようになるので、奈保子は懸命に股間を押しつけ、彼も両膝を立てて蠢く尻を支えた。

胸に巨乳が密着して弾み、彼女は月男の肩に腕を回して抱き、再び唇を重ね合わせた。

「ンン……」

舌をからめながら徐々に腰を遣うと、奈保子が熱く呻き、大量の愛液がすぐにも動きを滑らかにさせていった。

彼も股間を突き上げ、何とも心地よい摩擦と潤いに包まれた。互いの動きが一致するとクチュクチュと淫らに湿った音も聞こえ、溢れたヌメリが彼の陰嚢から肛門まで生ぬるく濡らした。

「ああ、すぐいきそうよ……」

奈保子が口を離して喘ぎ、彼は熱く甘い白粉臭の吐息に酔いしれた。

「小さくなって、奈保子さんのお口に入りたい……」

彼は快感に朦朧としながら、譫言のように言った。

「それで？」

「細かく噛まれて飲み込まれたい」

「食べられたいの？」

奈保子が腰を動かしながら甘く囁いた。月男は、この美熟女の胃の中で溶かされ、女神の栄養にされたらどんなに幸せだろうかと思った。

「うん、噛んで……」

言うと奈保子も口を開いて、彼の頬を甘く噛んでくれた。綺麗な歯並びの刺激が心地よく、甘美な悦びに満たされた。

「こう？　痛くない？」

奈保子も興奮に息を弾ませながら言い、彼の左右の頬や唇に歯を立てて痕が付かない程度に、咀嚼するようにモグモグしてくれた。

「ああ、気持ちいい……」

月男が高まって股間の突き上げを強めると、膣内の収縮が活発になっていった。

「つ、唾を飲みたい……」

せがむと、奈保子も喘ぎ続けて乾き気味の口内に懸命に分泌させ、形良い唇をすぼめて迫り、白っぽく小泡の多い唾液をクチュッと吐き出してくれた。

彼はそれを舌に受けて味わい、うっとりと喉を潤した。

「いきそう……、顔中ヌルヌルにして……」

さらにせがむと、奈保子も舌を這わせ、彼の鼻の穴から頬、鼻筋や瞼まで舐め回してくれた。舐めるというより、吐き出した唾液を舌で塗り付ける感じで、たちまち月男の顔中は美熟女の唾液でヌルヌルにまみれた。

「い、いく……！」

たちまち月男は、奈保子の唾液のヌメリと吐息の匂い、心地よい肉襞の摩擦に包まれて口走った。同時に、ありったけの熱い大量のザーメンがドクンドクンと勢いよくほとばしり、柔肉の奥深い部分を直撃した。

「か、感じるわ、いく……、アアーッ……！」

噴出を受け止めた途端、奈保子も声を上げてガクガクと狂おしいオルガスムスの痙攣を開始した。

真上で寝ている香織に気づかれるのではないかと思うほどの喘ぎ声で、二人分の動きと重みにベッドがギシギシと悲鳴を上げた。

月男は溶けてしまいそうな快感に身悶え、必死に股間を突き上げながら、心置きなく最後の一滴まで出し尽くしてしまった。

すっかり満足しながら徐々に突き上げを弱めていくと、

「アア……、良かったわ、すごく……」

奈保子も満足げに声を洩らし、熟れ肌の強ばりを解くと遠慮なく体重を預け、グッタリともたれかかってきた。

月男は美熟女の重みと温もりを受け止め、まだ名残惜しげに収縮する膣内に刺激され、ヒクヒクと過敏に幹を跳ね上げた。

「あう、もうダメ……」

奈保子もすっかり敏感になっているように呻き、キュッときつく締め上げた。

月男は美熟女の吐き出す熱い吐息が含む、興奮と安らぎの匂いを嗅ぎながら、うっとりと余韻に浸り込んでいった。

やがて奈保子が呼吸を整えると、そろそろと股間を引き離した。

「シャワー浴びる？　顔中私の唾でヌルヌルよ」

「ううん、奈保子さんの匂いを感じながら眠る……」

月男は答えながら、さすがに心地よい疲労の中、もう起きる力も湧きそうになかった。

何しろ昼間は香織の処女を頂いたうえ口内発射をして飲んでもらい、夜はその母親と交わったのだ。

しかも母娘とも、女上位である。これほど贅沢な体験をした一日は、一生に一度きりだろう。

「じゃ私は戻るわね。ゆっくりおやすみなさい」

奈保子が言ってベッドを降り、彼に布団を掛けると手早く寝巻を着込んで静かに部屋を出て行った。

足音が遠ざかるのを目を閉じて聞き、彼は母娘の両方を思い浮かべた。

しかし、あまりに多くのことがありすぎたので混乱し、そのうち深い眠りに落ち込んでいったのだった……。


――翌朝、目が覚めたときは東の空が明るくなり、もう母屋では奈保子が起きて朝食の仕度をしているようだった。

昨夜の出来事は夢ではないのかと思ったが、全裸のまま寝ていたし、全身の隅々には熟れ肌の感触が、そして鼻腔には残り香も感じられた。

奈保子は魂が抜けていたときに彼のした行為を全て分かったうえで、昼間は普通に接し、そして昨夜忍んできたのだろう。やはり四十歳を前にし、夫も海外なので欲求も溜まっているに違いない。

とにかく母娘の両方と、今後とも出来るかもしれないと思うと心が弾んだ。

トランクスを穿き、Tシャツとジャージ上下を着て部屋を出て母屋へ行き、彼は奈保子に挨拶してから洗面所で顔を洗い歯を磨いた。

もちろん奈保子は、何事もなかったかのように笑顔で接してくれた。そして肉体を貪り合っても、輝くような美しさは変わらなかった。

さらに、香織も何事もないように降りてきた。

「おはよう。今日は大学の図書館へ行くけど、一緒に行く？」

「うん、僕も学内のあちこちを回ってみたいので」

香織が言い、月男も答えながら三人で朝餉《あさげ》を囲んだ。今朝は和食で、干物に漬け物、卵に味噌汁だ。

この美しい女神と天使の母娘の肉体を、両方とも隅々まで知ったのだと思うと彼は股間が熱くなってしまい、まだまだ緊張を解いて食事の味が分かるまでには時間がかかりそうだった。

食事を終えると、また仏間の善兵衛に挨拶をしてから二人で家を出た。

香織の運転で大学に向かうと、

「帰りたくなったらＬＩＮＥして。私はずっと図書館にいるので」

香織がハンドルを操作しながら、すっかりくだけた口調になって言った。やはり関係を持つと親しみが増し、言葉遣いも変わるのだろう。

そして、昨夜母親と何があったかなど、それこそ夢にも思っていないようで月男も安心した。

大学に着くと香織は図書館に行き、月男は、やはりがらんとした学内を散策してから、やがて真理江のいる研究室を訪ねてみたのだった。

第三章　淫らな誘惑

1

「香織は図書室？　じゃ昼食も忘れるほど、当分は出てこないわね」

真理江が言い、研究室のドアを内側からロックし、奥の小部屋へと月男を招き入れた。

香織が読書に夢中になると、時間を忘れてしまうことを真理江は承知しているらしい。

さらに、小部屋のドアもロックして完全な密室になると、月男は何やら妖しい期待に胸が熱くなってしまった。

「ここの顧問もまだ帰省中だから、誰も来ることはないわ」

真理江が言いながらコーヒーを淹れてくれ、月男はソファに座った。すっかりこの部屋は彼女の私室のように、甘い女の匂いが籠もっていた。

「それで、香織としちゃったのね」

真理江がコーヒーカップをテーブルに置き、向かいの椅子に掛けながら言った。

「え……？　そんな……」

大胆な質問に月男は戸惑った。

「大丈夫よ。聞いているわ。何でも話し合ってきた仲だから」

真理江が笑みを含んで言う。脚を組んだので、またスカートの裾がめくれて股間が見えそうになった。

どうやら真理江と香織は、以前から姉妹のように、全て打ち明け合ってきたようだ。

「そうですか……」

「話だけじゃないわ。女同士で戯れたこともあるのよ」

「わあ……」

真理江の言葉に、月男はますます股間が突っ張ってきてしまった。この知的なメガネ美女と、可憐な香織のカラミは、どれほど艶めかしいものであろうか。

「私も、星男としたことがあるわ」

「そ、そうなんですか……、真理江さんは、彼氏は……？」

「今はいないわ。二人知っているけど、星男を入れると三人」

訊くと真理江が正直に答えてくれた。

してみると彼女は両刀ということだろうか。もっとも香織ほど天使のように透き通った美少女なら、性別に構わず誰でも好きになってしまうことだろう。

「どうせ香織がリードして、あなたを星男のように扱ったのだから女上位でしょう。処女と童貞とはいえ、香織の方は人形相手の体験者だから」

真理江は、最初から彼を童貞と見抜いていたようだ。

「え、ええ……」

「香織は、星男に似たあなたに最初から好意を持っているはずだから、逆にリードするようにならないといけないわね。正常位も覚えないと」

真理江がレンズ越しに、キラキラ光る眼差しで彼を見つめて言った。

実際はこの土地へ来た最初の夜、魂の抜けている奈保子を相手に正常位でしているのだが、もちろん言うわけにはいかない。

「あ、あまり良く知らないものだから、リードなんて……」

月男は、香織しか知らないふりをして言った。

するとペニスがムクムクと最大限に勃起してしまった。ふと彼は、嘘をつくと鼻が伸びるピノキオを思い出した。

「私が教えてもいい？」

真理江が唐突に言い、月男はドキリと胸を高鳴らせた。

「香織の相手と、私もしてみたいの」

「ど、どうか教えて下さい……」

月男も興奮に包まれながら、綺麗なお姉さんに懇願した。

「いいわ、じゃ脱いで」

彼女が立ち上がって言うと、月男もソファから立って緊張しながら服を脱ぎはじめた。

誰も来ないと分かっていても、学内ということに言いようのないスリルが興奮に加わって胸が震えた。

するると真理江が、ソファの背もたれを倒してベッドにした。どうやら研究に疲れたとき仮眠できるよう、ソファベッドだったようだ。

そして彼女もカーディガンを脱ぎ、手早くブラウスのボタンを外していった。

月男はたちまち全裸になり、そっとベッドに横たわり、脱いでいく真理江を見つめた。

ブラウスを脱ぎスカートを下ろすと空気が揺らぎ、甘ったるい新鮮な匂いが漂った。

やがて真理江もためらいなく最後の一枚を脱ぎ去り、メガネだけは掛けたままベッドの彼に迫ってきた。

「すごい勃ってるわ。星男とそっくり……」

真理江は仰向けにさせた彼の股間に顔を寄せて言い、やんわりと幹を握って支えると、先端に舌を這わせはじめた。

「あう……」

月男は快感に呻き、緊張と興奮に身を強ばらせた。

昨夜、彼は奈保子とセックスしたあと全裸で寝てしまい、今日はシャワーも浴びていないが、興奮している真理江は、情事の残り香など気づかないように亀頭にしゃぶり付いてきた。

「漏らさないでね」

顔を上げて言うなり、彼女はスッポリと喉の奥まで呑み込み、幹の付け根を丸く締め付けて吸い、チロチロと舌を蠢かせてきた。

快感を与えるためというより、まず味わいたかったのだろう。

だから満遍なく舐め回し、たっぷりと生温かな唾液にまみれさせると、彼女はスポンと口を離し、添い寝してきたのだった。

「さあ、どんなことでも好きにして構わないわ」

仰向けになって言うので、月男も身を起こして全裸のメガネ美女を見下ろした。

乳房は奈保子ほど豊かではないが形良く、やや上向き加減の膨らみが実に艶めかしかった。肌は白く滑らかで、股間の翳りは意外に情熱的に濃く密集し、スラリと長い脚も魅惑的だった。

どんなことでもと言われたので、彼は思い切って真理江の足先に屈み込み、足裏に舌を這わせながら爪先に鼻を押し付けた。それほど、脚が好きなのだ。

「あう、そんなところから……？」

真理江が驚いたようにビクリと反応して言ったが、拒むことはせずじっと身を投げ出してくれていた。

足裏は滑らかな舌触りで、指の股はやはり汗と脂に生ぬるく湿り、香織より濃厚に蒸れた匂いが沁み付いていた。月男は匂いを貪ってから爪先にしゃぶり付き、順々に指の股に舌を割り込ませて味わった。

「あう、くすぐったくて、変な気持ち……」

真理江が目を閉じ、うっとりと息を弾ませてされるままになっていた。

月男は両足とも、全ての指の股の味と匂いを貪り尽くすと、やがて大股開きにさせて、滑らかな脚の内側を舐め上げていった。

白くムッチリと張りのある内腿を舌でたどると、股間から発する熱気と湿り気が彼の顔中を包み込んできた。

中心部に目を凝らすと、密集した恥毛の下の方が大量に溢れる愛液で筆の穂先のようにまとまって雫を宿していた。

はみ出した花びらを指で広げようとするとヌルリと滑り、やや奥に当て直して左右に開いた。ピンクの柔肉はヌメヌメと潤い、息づく膣口の襞には白っぽい粘液もまつわりついていた。

小さな尿道口も確認でき、包皮を押し上げるようにツンと突き立ったクリトリスは光沢を放ち、男の亀頭をミニチュアにしたような形をしていた。

「アア……、そんなに見ないで……」

彼の熱い視線と息を股間に感じ、真理江がヒクヒクと白い下腹を波打たせて喘いだ。

月男も堪らずに顔を埋め込み、濃い茂みに鼻を擦りつけて嗅ぐと、甘ったるく蒸れた汗の匂いに残尿臭の刺激が混じり、悩ましく鼻腔を掻き回してきた。

（ああ、美女の匂い……）

彼は、初めて母娘以外の、颯爽たる女子大生の匂いに酔いしれて思い、胸を満たしながら舌を挿し入れていった。

生ぬるく淡い酸味のヌメリが舌の蠢きを滑らかにさせ、彼は息づく膣口の襞を探り、大量の愛液を掬い取りながらクリトリスまで舐め上げていった。

「アアッ……、いい気持ち……」

真理江がビクリと顔を仰け反らせて熱く喘ぎ、離すまいとするかのように内腿でキュッときつく彼の顔を挟み付けてきた。

月男もチロチロとクリトリスを舐めては、泉のように溢れる愛液をすすり、悩ましい匂いにうっとりとなった。さらに真理江の両脚を浮かせ、逆ハート型の形良い尻の谷間に迫った。

するとと谷間には、ピンク色の蕾がレモンの先のように突き出て艶めかしい形をして息づいていた。濃い恥毛も蕾の形も、清楚で真面目そうな外見からは想像も出来ず、彼は美女の秘密を握ったような気になった。

蕾に鼻を埋めて蒸れた匂いを貪ってから、舌を這わせて襞を濡らし、ヌルッと潜り込ませて滑らかな粘膜を味わった。

「あう……！」

真理江は呻き、モグモグと肛門で舌先を締め付けながら、鼻先にある割れ目からは新たな蜜を漏らした。

月男は内部で舌を蠢かせてから脚を下ろし、再び大洪水になっている愛液をすすり、クリトリスに吸い付いていった。

「い、入れて、お願い……！」

真理江がクネクネともがきながらせがみ、彼も舌を引っ込めて顔を上げた。

「待って……、入れる前に……」

すると彼女が言って身を起こしてベッドを降り、自分のバッグから何か取り出して月男に渡し、再び仰向けになったのだった。

2

「こ、これは……」

手渡されたものを見て、月男は目を丸くした。

それは電池ボックスにコードで繋がった、楕円形のローターだったのである。

「それをお尻に入れてから、正常位でして……」

真理江が言い、自分から両脚を浮かせて抱え、白く形良い尻を突き出した。

どうやら真理江は二人目の彼氏と別れてから、香織と戯れる以外はバイブオナニーなどをして、こうした行為にも慣れているようだった。

月男も激しく興味を覚え、再び尻に顔を寄せ、レモンの先に似た肛門に舌を這わせて濡らしてから、楕円形のローターを押し当てた。

そして指の腹で押し込んでいくと、蕾が丸く開いてズブズブとローターを呑み込んでゆき、やがて奥まで入ると見えなくなって、あとはコードが伸びているだけとなった。

彼が電池ボックスのスイッチを入れると、奥からブーン…と低く、くぐもった振動音が

聞こえて、

「アア、感じるわ。入れて……」

彼女がクネクネと身悶えながらせがんできた。

月男も身を起こして股間を進め、急角度にそそり立った幹に指を添えて下向きにさせ、愛液にまみれている割れ目に先端を擦りつけながら位置を探った。

「も、もう少し下、そう、そこよ、来て……」

彼女も脚を下ろしてM字にさせ、僅かに腰を浮かせて位置を定めてくれた。

グイッと押し込むと張り詰めた亀頭が潜り込み、あとはヌルヌルッと滑らかに根元まで嵌まり込んでいった。

「あう……、いいわ……！」

真理江が呻き、前後の穴を塞がれながら言った。

月男も摩擦と温もりに包まれ、股間を密着させて快感を味わった。何しろ肛門にローターが入っているので膣内の締まりが増し、しかも振動が間の肉を通して、ペニスの裏側を心地よく刺激してくるのである。

「アア、突いて、奥まで何度も強く……」

真理江が上気した顔で言い、両手を回して抱き寄せてきた。

月男も脚を伸ばし、身を重ねていくと、胸の下で乳房が押し潰れて弾み、恥毛が擦れ合いコリコリする恥骨の膨らみも伝わってきた。

動かなくてもローターの振動があるので愛液は分泌を続け、彼もジワジワと快感が高まってきた。

月男は屈み込み、桜色の乳首にチュッと吸い付いて舌で転がし、顔中を押し付けて膨らみの感触を味わった。

「か、噛んで……」

真理江が肌を息づかせて言う。これも清楚な見かけによらず快感に正直で、微妙な愛撫より強い刺激が好きなようだ。

彼も前歯でコリコリと乳首を刺激し、左右とも交互に味わった。

感じるたび、膣内がさらにキュッと締まり、我慢できないのか彼女の方からズンズンと股間を突き上げはじめた。

月男は充分に両の乳首を愛撫してから、真理江の腕を差し上げて腋の下にも鼻を埋め込んで嗅いだ。生ぬるくジットリ湿った腋の下には、甘ったるい汗の匂いが馥郁《ふくいく》と籠もっていた。

やがて彼も突き上げに合わせ、徐々に腰を遣いはじめると、溢れる愛液ですぐにも律動がヌラヌラと滑らかになっていった。

快感を高めながら、上から顔を寄せて唇を重ねると、心地よい弾力が伝わり、顔にメガネの冷たいフレームが触れた。

香織のときと同じくディープキスが、全てし尽くした最後の最後になってしまった。

舌をからめると、真理江もチロチロと小刻みに蠢かせ、彼は生温かく滑らかな唾液を味わい、いつしか股間をぶつけるほどに激しく動いていた。

「アア、いきそうよ、もっと強く……」

真理江が唇を離し、淫らに唾液の糸を引きながら熱くせがんだ。

鼻から洩れる息は無臭に近かったが、開いた口から吐き出される熱い息はシナモンに似た匂いがあり、彼の鼻腔を悩ましく刺激して絶頂が迫ってきた。

香織にピルを分け与えるぐらいだから、真理江も中出しは大丈夫なのだろう。

「い、いいわ……、いく……、アアーッ……!」

たちまち彼女が声を上ずらせ、彼を乗せたままブリッジでもするようにガクガクと腰を跳ね上げ、オルガスムスの痙攣を開始してしまった。

さらに膣内の収縮が強まり、とうとう月男も巻き込まれるように、続いて絶頂に達していった。

「く……、気持ちいい……！」

月男は突き上がる大きな快感に呻き、熱い大量のザーメンをドクンドクンと勢いよく柔肉の奥にほとばしらせた。

「あう、感じる……」

噴出を受け止め、彼女は駄目押しの快感を得たように呻いて締め付けた。

彼はのしかかり、真理江の唾液に濡れた唇に鼻を擦りつけ、かぐわしい吐息で鼻腔を満たしながら射精し、心置きなく最後の一滴まで出し尽くしていった。

すっかり気が済むと徐々に動きを弱め、力を抜いて体重を預けていくと、

「ああ……、上手よ、これなら大丈夫……」

真理江も満足げに言い、肌の硬直を解きながらグッタリと四肢を投げ出していった。

しかしまだ息づくような収縮と、直腸から伝わるローターの振動に刺激され、射精直後のペニスがヒクヒクと過敏に震えた。

「あう……、もう止めて……」

真理江も敏感になって呻き、彼はまだ動けず、メガネ美女の吐息を胸いっぱいに嗅ぎながら、うっとりと快感の余韻に浸り込んだ。

そして長く乗っているのも悪いので、まだ呼吸も整わないが月男はそろそろと身を起こし、満足げに萎えかけたペニスをヌルッと引き抜いた。

「ベッドを濡らさないように……」

真理江が言って手を伸ばし、テーブルからティッシュの箱を取って渡した。

「もう、だいぶシミになっちゃったよ……」

月男は答え、それでもティッシュで逆流するザーメンを拭い、彼女の尻の下に広がるシミも拭った。そしてようやく電池ボックスのスイッチを切ると、切れないようコードを摑んで注意深く引っ張った。

すると奥から徐々にピンク色のローターが顔を覗かせ、肛門も光沢を放って丸く押し広がった。

「う……」

真理江も排泄するように息を詰めて蕾を収縮させ、やがてローター全体が押し出されてツルッと抜け落ちた。肛門も一瞬丸く開いて滑らかな粘膜を覗かせたが、すぐにつぼまって元の蕾に戻っていった。

ローターには汚れも曇りもないが、ティッシュに包んで置き、彼は添い寝して初めての体験に浸った。

「こんなに大きくいけたのは初めてだわ……」

真理江も彼の顔を胸に抱き、髪を撫でてくれながら囁いた。

「このことも、香織ちゃんに言う？」

「言わないわ。でも勘の良い子だから、すぐ察するかも」

訊くと、彼女が呼吸を整えて答えた。

やがて真理江が身を起こしたので、名残惜しいまま彼も起き上がった。

やはり激情が過ぎると、学内ということが意識されて誰か来るかという不安に駆られるのだ。

この小部屋にシャワー室などはないので、互いに手早く身繕いを終え、彼女は鏡で顔や髪を直した。

「そろそろお昼だわ。学食へ行きましょうか」

「ええ、香織ちゃんにLINEします」

言われて、月男が香織にLINEすると、すぐ学食で会おうという返信があった。

ソファの背もたれを元に戻し、シミは大して目立たないことを確認してから二人で部屋を出た。

やがて学生食堂で香織と合流すると、彼女は借りたらしい本を二、三冊抱えていた。

本を見ると、やはり神話伝承の類いだ。

そして三人で昼食を済ませた。真理江と香織は野菜サンドイッチにスープ、月男はカツ重だ。

学食を出ると、真理江はまた研究室へと戻り、香織も本を借りたのでこのまま月男と一緒に車で帰宅した。そして奈保子に挨拶すると、香織は本を読みに二階へ行き、月男は急いでシャワーを浴びた。

身体を拭いて着替えた彼がリビングに行くと、奈保子が出てきて、

「昨日買い忘れたものがあるので、ちょっと行ってくるわね」

言ってワゴンで出かけていった。

月男も、部屋へ戻ろうと思ったが、階段の上から香織が、

「私のお部屋へ来て」

と、まるで奈保子がいなくなったのを見計らったように声を掛けてきた。

何となく香織の部屋は恐いのだが、彼は欲望に突き動かされて階段を上がっていった。

午前中に真理江と濃厚なセックスをしたばかりなのだが、やはり男というものは相手さえ変われば、すぐにも興奮と欲望がリセットされるものなのだろう。

軽くドアをノックして中に入ると、月男はビクリと立ちすくんだ。目の前に、メイド服の香織人形が立っていたのである。

3

「似合うでしょう。この服は私にもピッタリなのよ」

「ああ、驚いた。香織ちゃんか……」

香織が言い、月男は胸を撫で下ろしながら答えた。ファンシーケースを見ると、全裸の香織人形が立っていて、幸い星男の方はファスナーが閉まったままで見えなかった。

何と香織人形の股間には、本人に良く似た範囲に恥毛が植えられていた。全裸だが、白いソックスと黒い靴だけは履いている。

そしてメイド服姿の香織に向き直ると、さすがに良く似合い、初対面のとき人形と間違えたほど整った顔立ちに黒と白の衣装が映えていた。

「来て……」

香織が手を引き、彼をベッドに誘った。そして一緒に添い寝すると、

「シャワーで洗っても分かるわ。真理江さんの匂いがする」

香織が小さく言った。

「お、怒らない……？」

「ええ、真理江さんだけなら嫉妬しないわ。星男とも一緒にしたのだし」

何だ、人形の星男と同格かと、むしろ月男は嫉妬されないことを寂しく思った。

それでも快感への期待に、ムクムクとペニスが膨張していった。

もう堪らずに、彼は半身を起こして手早く服を脱ぎ去ると、全裸になって再び仰向けになった。

「ね、ここに座って」

下腹を指して言うと、香織も身を起こして言われるまま、彼の下腹に跨がって腰を下ろ

した。しかも裾をめくって座ったので、生温かな割れ目が直に肌に密着してきた。下着は着けていないようだ。

「脚を伸ばして、顔に乗せて」

「重いわ、大丈夫?」

さらにせがむと、香織は心配しながらも体重を掛けて座り、月男が立てた両膝に寄りかかりながら片方ずつそろそろと脚を伸ばして、ためらいなくソックスを履いていない素足の裏を彼の顔に乗せてくれた。

「ああ……」

月男は、メイド美少女の全体重を受け止め、人間椅子になった心地で快感に喘いだ。

足首を摑んで両の足裏を舐め回すと、香織がくすぐったそうに腰をよじり、下腹に密着した割れ目が生温かく潤いはじめるのが分かった。

縮こまった指の股に鼻を押し付けて嗅ぐと、蒸れた匂いが濃く沁み付き、舌を割り込ませると汗と脂の湿り気が感じられた。入浴が一昨夜だったから、今までで一番濃厚に感じることが出来た。

月男は爪先にしゃぶり付き、全ての指の股に籠もる味と匂いを貪り尽くした。

「あん……、ダメ、くすぐったいわ……」

香織がクネクネと身悶え、可憐に喘いだ。

「じゃ前に来て顔に跨がって」

ようやく口を離した彼は言い、顔の左右に香織の脚を置いた。

彼女も腰を浮かせ、そろそろと前進して顔に跨がり、脚をM字にさせてしゃがみ込んでくれた。

ドレスの内側が顔中を覆い、内部に生ぬるい熱気が籠もった。

月男はムッチリと張り詰めた左右の内腿を舐め、鼻先に迫る股間を見上げた。

裾に覆われた薄暗い中に、超美少女の濡れた割れ目が見え、光沢あるクリトリスも愛撫を待つようにツンと突き立っていた。

腰を抱き寄せて柔らかな若草の丘に鼻を埋め込んで嗅ぐと、蒸れた汗とオシッコの匂いに混じり、淡いチーズ臭も感じられ悩ましく鼻腔が刺激された。

彼は胸を満たしながら舌を這わせ、生ぬるく清らかな蜜をすすりながら、息づく膣口からクリトリスまで舐め上げていった。

「アア……、いい気持ち……」

香織が上の方から喘いだが、裾が広がって表情は見えない。彼女はキュッと座り込みそうになっては、懸命に月男の顔の左右で両足を踏ん張った。

チロチロと舌先でクリトリスを弾くたび、新たな愛液がトロトロと漏れ、彼は滑らかに舌を濡らした。

さらに尻の真下に潜り込み、ひんやりした双丘の弾力を顔中に受け止めると、彼女もしゃがみ込んでいられず両膝を突いた。

谷間の蕾に鼻を埋め、蒸れた微香を嗅いでから舌を這わせ、収縮する襞を濡らしてヌルッと潜り込ませると、

「あう……」

香織がドレスの外で呻き、キュッと肛門で舌先を締め付けてきた。

月男は舌を蠢かせ、滑らかな粘膜を探ってから、再び割れ目に戻って大洪水の愛液をすすり、クリトリスに吸い付いた。

仰向けになって真下から舐めると、自分の唾液が割れ目に溜まることなく、純粋に溢れる愛液だけを受け止めることが出来た。

「も、もうダメ……」

香織が絶頂を迫らせたように言い、彼も充分に味と匂いを堪能してから口を離した。

すると彼女が腰を浮かせて身を起こし、屹立した彼自身に顔を寄せてきた。

そっと幹に指を添え、粘液の滲む尿道口にチロチロと舌を這わせ、張り詰めた亀頭をくわえると、丸く開いた口にスッポリと呑み込んでいった。

「ああ……」

温かく濡れた超美少女の口腔に根元まで包まれ、月男は快感に喘ぎながら幹をヒクつかせた。

香織も深々と頬張って吸い付き、熱い息を股間に籠もらせながらクチュクチュと念入りに舌をからみつかせてきた。たちまち彼自身は、美少女の清らかな唾液に生温かくまみれて震えた。

月男が快感に任せてズンズンと股間を突き上げると、

「ンン……」

喉の奥を突かれた香織が小さく呻き、自分も小刻みに顔を上下させ、スポスポと濡れた唇で強烈な摩擦を繰り返してくれた。

「い、いきそう。入れたい……」

すっかり高まった月男が言うと、香織も吸い付きながらチュパッと軽やかな音を立てて口を離してくれた。

「今日は、香織ちゃんが下になって……」

身を起こしながら言うと、彼女も素直に横になった。

真理江に言われなくても、彼自身いろんな体位を試してみたかったのだ。

「最初は四つん這いになって」

言うと香織もうつ伏せになり、尻を突き出してくれた。

月男は膝を突いて股間を進め、裾をめくり上げると白く丸い尻が露わになった。

そして幹に指を添え、バックから充分すぎるほど濡れている割れ目に先端を擦り付け、ゆっくりと膣口に挿入していった。

ヌルヌルッと滑らかに根元まで潜り込むと、

「アアッ……！」

香織が顔を仰け反らせて熱く喘ぎ、尻をくねらせながらキュッときつく締め付けてきた。

深々と貫くと、尻の丸みが股間に当たって何とも心地よく弾んだ。

なるほど、この尻の感触がバックの醍醐味かと納得し、彼は何度か腰を前後させて摩擦快感を味わった。

溢れる愛液ですぐにも律動が滑らかになり、クチュクチュと音が響いた。

月男は彼女の背に覆いかぶさり、両脇から回した手で胸の膨らみを揉み、黒髪に鼻を埋めて甘い匂いを嗅いだ。

しかし、密着する尻の丸みは心地よいが、やはり可憐な顔が見えず、唾液や吐息が貰えないのは物足りない。

彼はこの体位を試しただけで身を起こし、やがてゆっくりと引き抜いた。

「ああ……」

香織が快楽を中断され、不満げに声を洩らした。

「横向きになって」

言うと彼女が横になり、月男は上になった方の脚を真上に持ち上げ、下の内腿に跨がり、今度は松葉くずしの体位で再び根元まで挿入していった。

「アア、すごいわ……」

香織が横向きになって喘ぎ、彼は上の脚に両手でしがみつきながら腰を動かした。

互いの股間が交差しているので密着感が高まり、局部のみならず滑らかな内腿の感触も充分に味わえた。

しかし、これも試しただけで引き抜き、香織を仰向けにさせた。

すると彼女は胸元を寛げて、メイド服の間から形良く弾む白い乳房をはみ出させてくれたのだ。

着衣で、肝心な部分だけが見えているというのも実に興奮する眺めである。

月男は股間を進め、正常位で先端を押し付け、感触を味わいながらゆっくりと挿入していった。

股間を密着させ、脚を伸ばして身を重ねると彼は屈み込み、はみ出している乳首に吸い付いて舌で転がし、顔中で張りのある膨らみを味わった。

メイド服の内部からは、生ぬるく甘ったるい匂いが洩れ漂い、彼は左右の乳首を交互に含んで舐め回し、徐々に腰を突き動かしはじめたのだった。

4

「いい気持ち……、もう抜かないで……」

香織も下から両手を回してしがみつき、ズンズンと股間を突き上げながら囁いた。

月男は肉襞の摩擦と温もり、きつい締め付けと熱い潤いに包まれながら、次第にリズミカルに腰を動かした。

そして顔を寄せ、上からピッタリと唇を重ねると、

「ンンッ……！」

香織も熱く鼻を鳴らし、ネットリと舌をからめてきた。

滑らかに蠢く舌の感触が何とも心地よく、彼は生温かな唾液のヌメリを味わい、美少女の息に鼻腔を湿らせながら激しく律動した。

「アア……、い、いきそう……」

香織が口を離して喘ぎ、初めて受け身になる体位に膣内の収縮を強めていった。

月男は香織の喘ぐ口に鼻を押し付け、唇で乾いた唾液の香りと、口から吐き出される熱

く湿り気ある甘酸っぱい果実臭に酔いしれながら急激に絶頂を迫らせた。

今日は淡いガーリック臭もなく、それでも昼食の名残か、うっすらしたオニオン臭が感じられ、それも悩ましいギャップ萌えの刺激となって鼻腔が掻き回された。

「しゃぶって……」

囁くと、香織も熱い息を弾ませながら彼の鼻の穴に舌を這わせ、ピチャピチャとお行儀悪く音を立てた。

たちまち月男は、美少女の唾液のヌメリと吐息の匂い、肉襞の摩擦と締め付けに包まれながら昇り詰めてしまった。彼女は全裸ではないので、まるで可憐なメイドでも犯しているような錯覚に陥った。

「く……！」

大きな快感に呻きながら、熱いザーメンをドクンドクンと勢いよく注入すると、

「い、いく、気持ちいいわ……、アアーッ……！」

香織も切羽詰まった声で口走り、ガクガクと狂おしいオルガスムスの痙攣を開始したのだった。

キュッキュッとザーメンを飲み込むような締め付けが増し、月男は心ゆくまで快感を噛

み締めながら、最後の一滴まで柔肉の奥に出し尽くしていった。

もう出なくなっても、勃起している間はなおも腰を突き動かしていたが、ようやくペニスが満足げに萎えかけてきたので律動を弱めてゆき、やがて彼は力を抜いてグッタリと美少女にもたれかかった。

「ああ……」

香織も肌の強ばりを解いて小さく喘ぎ、彼の下で身を投げ出していた。

収縮の刺激で幹がピクンと跳ね上がると、

「あう、もうダメ……」

彼女は精根尽き果てたように言い、荒い呼吸を繰り返している。

月男は香織の吐き出す甘酸っぱい吐息を嗅いで胸を満たし、うっとりと酔いしれながら快感の余韻を噛み締めた。

ふと見ると、ファンシーケースの中から全裸にソックスと靴だけの香織人形が、じっとこちらを見ていた。

気味が悪いし、あまり長く香織に乗っているのも悪いので、彼は枕元のティッシュの箱を引き寄せながら身を起こし、そろそろと股間を引き離していった。

そしてティッシュを取り、手早くペニスを拭ってから、ドレスの内側を汚さないよう割れ目を拭き、愛液混じりに逆流するザーメンを処理してやった。

「有難う……、起こして……」

香織が言うので支えながら引き起こすと、彼女はベッドを降り、メイド服を脱ぐと元通り香織人形に着せていった。

慣れた感じで手際よく裾と襟元を整え、最後にヘッドドレスを人形の髪に乗せると、香織はケースのファスナーを上げて香織人形を覆い隠した。

ようやく二体の人形が見えなくなったので、月男もほっとして全裸になった香織を横たえ、添い寝した。

そして甘えるように腕枕してもらい、さっきはメイド服で嗅げなかった腋の下に鼻を埋め、生ぬるく甘ったるい汗の湿り気を嗅ぐと、たちまち刺激が胸からペニスに伝わり、ムクムクと急激に回復していった。

「また勃っちゃったの？　私はもういいわ。香織人形としてみる？」

「そ、そればかりは……」

香織に答え、月男は美少女の体臭に酔いしれた。

「真理江さんとは、研究室の奥の部屋で？」

香織は、優しく彼の顔を胸に抱きながら言った。

「う、うん……」

「どんなふうにしたの？」

「さっきみたいな正常位で、しかも彼女のお尻にローターを入れたまま……」

「そう、真理江さんはいろんな器具にも詳しいのよ」

香織は、嫉妬するでもなく淡々と言った。

「ね、今度三人でしましょう」

「え……？」

「ここでも前に二人で、星男を相手にしたのよ。またしてみたいわ。今度は生きた月男さんと」

言われて、月男は激しい期待と興奮に胸を高鳴らせた。とびきりの美少女とメガネ美女の二人を一度に相手にするなど、それはどれほど大きな快感であろうか。

「女同士で、二人で舐め合ったこともあるの？」

「あるわ、私は真理江さんに初めて舐められたとき、すごくいってしまったの。真理江さんは舐められるより挿入が好きだから、私がバイブを入れて動かしたわ」

可憐な声で際どい話を聞き、月男はもう一度射精しなければ我慢できないほどピンピンに勃起してしまった。

「ね、またお口でして……」

「いいわ」

せがむと香織も気軽に答え、すぐにも身を起こして彼の股間に腹這ってきた。

そして彼女は厭わず月男の両脚を浮かせ、尻の谷間を舐め回し、ヌルッと潜り込ませてきた。

「あう、気持ちいい……」

彼は妖しい刺激に呻き、肛門でキュッと舌先を締め付けながら、申し訳ないような快感に浮かせた脚を震わせた。

香織も内部で舌を蠢かせてから、脚を下ろして陰嚢をしゃぶり、股間に熱い息を籠もらせて二つの睾丸を転がし、チュッと吸い付いてくれた。

「く……」

急所を吸われると、彼は思わず呻いて腰を浮かせた。

そして香織は、まだ愛液とザーメンに湿っている肉棒の裏側を舐め上げ、先端をチロチロとしゃぶってから、丸く開いた口でスッポリと喉の奥まで呑み込んでいった。

幹を締め付けて吸い、熱い鼻息で恥毛をくすぐりながら、口の中ではクチュクチュと念入りに舌をからめてくれた。

さらに、早く終えようとするわけでもないだろうが、香織は顔を小刻みに上下させ、濡れた可憐な唇でスポスポと強烈な摩擦を開始した。

月男も高まりながらズンズンと股間を突き上げ、美少女の生温かな口腔で絶頂を迫らせていった。

溢れる唾液が陰嚢の脇を伝い流れる感触も心地よく、彼は摩擦の中で、あっという間に昇り詰めてしまった。

「い、いく……、アアッ……！」

快感に身を反らせて口走ると同時に、ありったけの熱いザーメンがドクンドクンと勢いよくほとばしった。

「ンン……」

喉の奥を直撃された香織が小さく鼻を鳴らし、なおも摩擦と吸引、舌の蠢きを続行しながら噴出を受け止めてくれた。

月男は快感に身をよじり、心置きなく最後の一滴まで出し尽くしていった。

すっかり満足しながら硬直を解いていくと、香織も動きを止め、亀頭を含んだまま口に溜まったザーメンをコクンと一息に飲み干してくれた。

「あう……、いい……」

嚥下と同時に口腔がキュッと締まり、彼は駄目押しの快感に呻いた。

香織がスポンと口を離すと、彼も支えを失ったようにグッタリと身を投げ出した。

なおも香織が幹をニギニギし、尿道口に余りの雫が脹らむと、彼女はペロペロと貪るように舐め回してくれた。

「く……、も、もういいよ、どうも有難う……」

月男は言い、降参するように過敏に腰をくねらせた。

ようやく香織も舌を引っ込め、身を起こした。そこへ、外から車が入ってくる音が聞こえてきた。

「ママが帰ってきたわ。早かったみたい」

香織が言って身繕いをはじめると、月男も余韻を味わう余裕もなくベッドを降り、急いで服を着たのだった。

5

「リモート講義は、まだ始まらないのかしら？」

夕食を終えると、奈保子が月男に言った。

もちろん彼の連絡先は、都内の実家ではなくこの岸井家だと言ってあるので、何かあれば香織の分とともに、ここへ報せが来るはずである。

「ええ、まだのようですね」

「私にも、まだ何も連絡はないわ」

彼が答えると、香織も言った。

そろそろ始まっても良い頃なのだが、やはりコロナ禍で通常とは違う世の状況の中、新入生への対応も遅れがちになっているのだろう。

もう月男は入浴も済み、あとは部屋に戻るだけである。

「明日は、高校時代のお友達と会う約束になっているので、午前中に出るわ。ドライブしてから、その子の家に泊まるので」

香織が言う。車もあるし、会いたい仲間も多いのだろう。

「月男さんは、明日は？」

「うん、僕は少し仁枝神社で訊きたいこともあるので」

「それなら、行きがけに神社で落とすわね。明日、月男さんが行くって由良子さんにLINEしておいてあげる」

香織は言い、先に食堂を出て洋館へと戻っていった。あの純和風の巫女にLINEというのも妙な感じだが、何かと連絡は取り合っているらしい。

月男も少しテレビでニュースを見てから、奈保子も入浴するというので自室へ戻ることにした。

洋館の一階で、少しネットを見てから彼は灯りを消してベッドに横になった。

（奈保子さん、来ないかな……）

少し期待して思ったが、本当にここへ来てから自分で処理をしていなかった。

もちろんオナニー衝動にも駆られるのだが、毎日良いことが連続してあるので、射精するなら一回でも多く生身の女体としたい気持ちが大きくなっていた。

それに明日は香織が外泊なので、奈保子と一晩二人きりなのだ。

その期待の方が大きいし、今日は真理江や香織と充分にしたので、オナニーなどしたら勿体ない。

結局その夜は奈保子が来ることもなく、月男はいつしかぐっすりと朝まで眠ってしまったのだった……。


――翌朝、トーストにサラダの朝食を終えると香織は出かける準備をし、月男も着替えて彼女と一緒に車で出た。

「明日、帰る頃に連絡するわ。たぶん明日は真理江さんもお休みの筈だから」

坂道を下りながら香織が言い、

(いよいよ、明日は三人での戯れか……)

月男はドキリと胸を高鳴らせ、やがて車は神社の近くで停まった。

「じゃ由良子さんによろしく。また明日ね」

彼が降りると香織は言い、そのまま車は再び軽やかに走り去っていった。

月男は境内に入ると手水舎で手と口を洗い、まず本殿と、人形供養の碑にお詣りしてから住まいの方を訪ねた。

由良子もすぐに出てきて、前と同じ座敷に彼を招き入れてくれた。

今日も彼女は清らかな白と朱の巫女衣装に、鮮やかに青い薄衣を羽織っている。

「もう暮らしに慣れたか」

由良子が切れ長の目を向け、ぶっきらぼうに訊いてきた。

「ええ、綺麗な母娘との食事も、だんだん味が分かるようになってきました」

月男が答えても、由良子はニコリともしない。

実際、岸井家で暮らしているうちに徐々に彼の緊張も和らいできた。

何しろ母娘ともに快楽を分かち合っているのだから、もう他人ではない気がしているのである。

「それにしても、女性というのは同じ屋根の下で暮らしていても、全く神秘な美しさは変わらないものなのですね。幻滅することは一度もないです。友人なんか、綺麗な姉さんがいるのに、がさつで見ていられないなんて言っているけど」

「あの母娘は特別であろう」

由良子が言い、確かにそうかも知れないと月男は思った。

「古来日本は、天照大神をはじめ女神が一番上だった。神社も、杜《もり》がありお宮があり参道があって鳥居がある、女性器そのものだ」

「は、はあ……」

意外な展開に、彼は少々戸惑いながら頷いた。

「三種の神器、剣も鏡も勾玉も、それぞれ男性器、女性器、胎児を表し、子孫繁栄の象徴である」

「なるほど……」

「ときに、訊きたいこととは？」

由良子が言った。香織からのＬＩＮＥで、何か訊きたいことがあるということも承知で彼を招き入れたのだろう。

「はい、魂入れと魂消えについてですが、実は僕がこの土地へ来た最初の晩、奈保子さんの呻き声が聞こえたので、心配で行ってみたんです。すると奈保子さんそっくりな人形が寝ていたのだけど、それは魂消えなのでしょうか」

「あの屋敷には、何しろ多くの人形がある。中にはそっくりなものもあるだろうから、直に見てみないと分からぬ」

「そ、そうですね……。それで、魂消えの法を使うときは、呻き声が洩れるほど苦痛が伴うものなのでしょうか」

「私が付き添えばそれほどの苦痛はないだろうが、一人で行なえば伴うかも知れぬ。何しろ心臓も呼吸も止まるのだから」

「でも、ちゃんと戻れるのですね……」

月男は、神秘の話題なのに現実のものとして話すことが、何やら夢の世界にでもいるように心地よい気がした。そしてこの部屋も由良子も、神秘の雰囲気を濃く備えているのである。

「強い意志があれば難なく戻れる。どうせ近間にいる人形に魂を宿したのだから、盗賊にでも遠くに持ち去られぬ限り戻れよう」

「そんな力が、あの奈保子さんにも……？」

「善兵衛殿が強い霊能力を持っていたし、人形師として魂の行き来にも慣れていただろうから、その孫の奈保子さんもおそらくは」

由良子が言う。

そして月男も、やはりあの夜の奈保子は、魂の消えた本人だったのだろうと思った。そして人形の目から、月男が自分にする行為を見ていたからこそ、後日あらためて、今度は生身で彼の肉体を味わいたいと思って忍んできたのだろう。

「それで、月男は魂の抜けた奈保子さんに何もしなかったのか」

自然に呼び捨てにされるのが何やら親しげで心地よかったが、由良子にじっと見つめられると嘘がつけなくなってしまった。

「す、少しだけ触れてしまいました……。何しろ布団をめくると裸だったし、まだ何も知らない童貞だったものですから、つい……」

嘘ではないのに、彼自身はピノキオの鼻のように伸びて膨張してしまった。

「左様か。若くて淫気旺盛ならば無理もない。善兵衛殿などは、老いてなお人形への執着が抜けなかった」

では善兵衛の数々の人形たちの生々しさ、特に星男と香織の人形の出来映えは、やはり芸術の探求心という以上に、絶大な性欲が原動力になっていたのかもしれない。

「それで、魂の抜けた奈保子さんと交わったのか」

「え、ええ……」

単刀直入に訊かれ、おもわず月男も否定できず頷いていた。

「もしも奈保子さんではなく、私の人形であっても同じことをしたか」

由良子が、神秘の光彩を放つ目をキラキラさせて静かに訊いてきた。

「え……、も、もちろんです。畏れ多いほど……美しいけれど、目が閉じられてじっとしていたら我慢できないと思います……」

恐いと言いかけ、美しいと言い直しながら、いつしか月男もすっかり股間を熱くさせ、痛いほど股間が突っ張ってしまっていた。

「ならば、してみよう。魂消えの女と交わった無垢な男としてみたい」

言うなり由良子が立ち上がり、襖を開けて隣の部屋に入った。

見ると、そこには床が敷き延べられている。

(では、この美しい神秘の巫女とも……)

月男は、自分の女性運に驚きながら、隣室へとにじり寄っていった。

「お、お願いがあります……」

「何か」

「どうか魂消えなんかせず、今のままでお願いしたいのですが……」

「元より、この部屋に人形などない。それに魂消えしたら味わえぬ」

表情も変えず真面目に言いながら、由良子は青い薄衣を脱ぎ、ためらいなく朱色の袴の前紐を解きはじめた。

「さあ、月男も早く」

「は、はい……」

促され、彼も緊張と興奮に震えながら手早くシャツとズボンを脱ぎ、靴下と下着まで脱ぎ去って全裸になっていった。いつものことながら、やはり最初に触れる女性が相手のときが最も期待と興奮が高まった。

この六畳の座敷には布団が敷かれているだけで、あとは押し入れがあり、家具などはなかった。

先に布団に横たわると、やはり由良子が寝起きしているものらしく、枕には悩ましく甘い匂いが濃厚に沁み付いて鼻腔を刺激してきた。

彼女も袴を落として白い衣を脱ぎ去り、見る見る透けるように白い肌を露わにしていった。ほっそりしているが乳房と尻は成熟した丸みを帯び、股間の翳りは淡く、衣擦れの音とともに室内の空気が甘く揺らいだ。

たちまち全裸になると、最後に由良子は束ねていた髪も解いてサラリと降ろし、正に一糸まとわぬ姿になり、胸や股間を隠しもせず彼に迫って添い寝してきた。

どうやら、普通に暮らしている人とは次元が違い、ためらい戸惑い羞じらいなどとは縁のない美女のようである。

奈保子が女神で香織が天使なら、この由良子は純和風の天女といった感じだ。

長い髪は彼女の腰まで届くほどで、横になると白いシーツに髪がしなやかに流れて鮮やかに映えた。

月男は生ぬるく甘ったるい体臭を感じ、勃起した幹を震わせた。

そして緊張に胸を高鳴らせながら、この何歳かも分からない神秘の巫女に肌を密着させていったのだった。

第四章　巫女の匂い

1

「さあ、どのようにも好きにして良い。奈保子さんにしたように」

神妙に仰向けになり、由良子が言った。月男も興奮に息を弾ませながら見下ろし、彼女の胸に迫っていった。

息づく乳房は、うんと豊かでも貧乳でもなく、実に形良い膨らみだった。

チュッと乳首に吸い付いて舌で転がし、顔中を膨らみに押し付けると、心地よい張りと柔らかさに満ちていた。

左右の乳首を順々に含んで舐め回しても、由良子はピクリとも動かない。

ただじっと薄目で彼の顔を見ているだけである。

この土地へ来てから接した女性は、みな一風変わっていたが、由良子が一番特殊な感じがした。

呼吸をして肌の温もりもあるのに、反応がないので、正に生きた人形のようである。

男性体験が皆無とも思えないが、もしかして巫女だから処女という可能性も全く無くはない。そして小僧っ子の稚拙な愛撫などで感じるものかという、挑むような身構えも感じられた。

それでも恐いほど美しく神聖な巫女を相手にしているということで、月男の欲望は激しく湧き上がった。

両の乳首を味わってから、由良子の腕を差し上げて腋の下に鼻を埋めると、やはり自然のままにしているのか淡く柔らかな腋毛が煙り、生ぬるく甘ったるい汗の匂いが馥郁と籠もっていた。

嗅ぐたびに悩ましい匂いが胸に広がり、勃起したペニスに心地よく伝わった。

やはり人間離れした妖しい雰囲気を持っていても、普通に寝起きと飲み食いしているのだろうから、その体臭も生身の女性のものであった。

やがて彼は、透けるほどに白く滑らかな肌を舐め降りていった。

形良い臍を探り、張り詰めた下腹に耳を埋めると、やはり微かな消化音が聞こえ、心地よい張りと弾力が伝わってきた。

腰から丸みのあるラインをたどり、スラリとした脚を舐め降りても、由良子は拒みもせず、ただじっと仰向けになっているだけだ。

脛にもまばらな体毛が認められるが、奈保子よりずっと薄い方である。

足裏にも舌を這わせ、形良く揃った指の間にも鼻を押し付けて嗅ぐと、やはり生ぬるい汗と脂に湿り、蒸れた匂いが濃厚に沁み付いていた。

爪先にしゃぶり付き、順々に指の股に舌を割り込ませて味わっても、由良子の反応はピクリともしない。

ただ彼のすることを、不思議そうでもなく、静かに見つめているだけだった。

月男は構わずに欲望を優先させ、両の足指を全て貪り、味と匂いを堪能し尽くした。

そして彼女を大股開きにさせ、脚の内側を舐め上げ、ムッチリとした内腿を通過して股間に迫った。

丘には淡い茂みが煙り、割れ目からはみ出した陰唇は縦長のハート型で、まだ濡れている様子もなかった。

そっと指を当て、陰唇を左右に広げると、襞の入り組む膣口が息づき、小さな尿道口もはっきり確認できた。

そして包皮を押し上げるように顔を覗かせているクリトリスは、何と親指の先ほどもある大きく、まるで幼児のペニスのようで、綺麗な光沢を放っていた。

艶めかしい眺めに堪らず、月男は顔を埋め込んでいった。

柔らかな茂みに鼻を擦りつけて嗅ぐと、隅々には汗とオシッコの匂いが蒸れて濃く籠もり、悩ましく鼻腔を刺激してきた。

嗅ぎながら舌を挿し入れ、膣口の襞をクチュクチュと探り、滑らかな柔肉をたどってゆっくりと大きめのクリトリスまで舐め上げていくと、

「アアッ……！」

初めて由良子の反応があった。

急に洩れた激しい喘ぎ声に驚き、彼は舐めながら目を上げた。

白い下腹がヒクヒク息づき、形良い乳房の間から、仰け反って喘ぐ由良子の表情が見え

た。もうきつい眼差しは閉じられ、赤い唇は僅かに開いて熱い息が洩れ、トロトロと愛液が溢れてきた。

　何やら、男女を超越したような雰囲気のある由良子の妖しいパワーの源が、この大きな突起であるような気がした。

　とにかく、喘いで濡れはじめたことが嬉しく、彼は執拗にクリトリスをチロチロと舌先で弾き、熱く淡い酸味のヌメリをすすり、クリトリスにもチュッと強く吸い付いた。

「ああ……、気持ち良い……、そこ、もっと……」

　由良子が、内腿でムッチリと彼の顔を挟み付けて言う。

　月男も彼女の腰を抱え、さらにツンと勃起したクリトリスを舐め回し、乳首のように吸い付いては、大量に溢れてくるヌメリをすすった。

　さらに彼女の両脚を浮かせ、白く形良い尻の谷間にも迫った。

　綺麗な薄桃色の蕾がひっそり閉じられ、鼻を埋めて嗅ぐと弾力ある双丘が顔中に密着してきた。

　どうやら古い家なのでシャワートイレはないのか、汗の匂いに混じり淡く蒸れたビネガー臭も感じられ、月男は激しい興奮に包まれながら生々しい匂いを貪った。

舌を這わせて細かな襞を濡らし、ヌルッと潜り込ませると、やはりクリトリスではないので由良子の反応はなかった。

舌を蠢かせると、滑らかな粘膜はうっすらとした甘苦い微妙な味わいがあった。

出し入れさせるように舌を動かしてから彼女の脚を下ろし、再び割れ目に戻ってヌメリを舌で掬い取り、突き立ったクリトリスに吸い付いた。

「アア……、もう、入れても良い……」

由良子が喘ぎながら言い、クネクネと腰をよじらせた。

月男も高まりに突き動かされるように、身を起こして股間を進めた。幹に指を添えて先端を下向きにさせ、割れ目に擦り付けて潤いを与えながら位置を定めると、ゆっくりと膣口に潜り込ませていった。

張り詰めた亀頭が潜り込むと、彼自身はヌルヌルッと滑らかに根元まで吸い込まれた。

目を閉じた由良子は声を洩らさず、深々と入った肉棒を味わうようにキュッキュッと締め付けてきた。

月男は肉襞の摩擦と温もり、潤いと締め付けを感じながら股間を密着させ、脚を伸ばして身を重ねていった。

胸で乳房を押しつぶすと心地よく弾み、すぐにも腰を突き動かしはじめると、柔らかな恥毛が擦れ合い、コリコリする恥骨の膨らみが伝わってきた。

「ああ……、いい……」

由良子が顔を仰け反らせ、下から両手を回して喘いだ。膣内の感覚よりも、律動によってクリトリスが刺激されることに反応しているようだ。

月男も、なるべくクリトリスに当たるように腰を遣いながら、上から顔を寄せてピッタリと唇を重ねていった。

「ンン……」

由良子が熱く鼻を鳴らし、ほんのり濡れた唇の感触を伝えてきた。

舌を挿し入れ、滑らかで綺麗な歯並びを左右にたどると、彼女も歯を開いて舌を触れ合わせてくれた。

チロチロとからみつけると、生温かな唾液に濡れた舌が滑らかに蠢き、月男は興奮を高め、いつしか股間をぶつけるように動きはじめていた。

「ああ……、感じる……」

由良子が口を離して喘ぎ、膣内の収縮を高めてきた。

熱い息の洩れる口に鼻を押し込んで嗅ぐと、湿り気ある息は花粉のように甘い刺激を含み、彼の鼻腔を悩ましく掻き回してきた。

まるで、古代日本に咲き乱れる花々の匂いのような気がした。

月男は、この美しい巫女が吸い込んで、要らなくなって吐き出される気体だけをずっと吸って生きていたいような気になった。

「い、いく……、気持ちいい……、アアーッ……！」

たちまち由良子が顔を仰け反らせて喘ぎ、彼を乗せたままガクガクと狂おしく腰を跳ね上げてオルガスムスに達した。その艶めかしくも清らかな、欲も得もない表情に心が浄化されるようで、月男の方は果てそびれてしまった。

それでも激しい律動は続けたが、やがて由良子が肌の硬直を解き、満足げにグッタリと身を投げ出してしまった。

月男は果てられないまま徐々に動きを弱め、彼女が静かになるのを待った。

「もう良い、離れて……」

荒い息遣いとともに言われ、月男も身を起こし、そろそろと股間を引き離していった。

「起こして、風呂場へ……」

「はい」

由良子が言うと月男も素直に答え、力の抜けている由良子を抱き起こし、ようやく立ち上がった彼女を支えながら、二人で部屋を出た。

廊下を奥へ進むと、曇りガラスの引き戸があり、板張りの脱衣場の向こうが風呂場だった。古めかしく、何やら田舎の民宿のようである。

バスルームはタイル張りで、風呂釜はクランクをカチンと回して点火する旧式なので、木の椅子に座った由良子が点けてシャワーの湯を出してくれた。

互いの股間を洗い流し、まだ不発のままの彼自身は湯に濡れた由良子の肌を見るうち、もう我慢できないほどヒクヒクと幹を震わせていた。

由良子も、湯を浴びて少し落ち着いてきたようだ。

「ね、由良子様、オシッコするところ見せて……」

月男が言うと、由良子は驚きもせず顔を上げて彼を見ると、そのまま押しやってタイルの床に仰向けにさせてきた。洗い場はそれほど広くないので脚は伸ばせず、彼は両膝を立てた。

そして由良子は身を起こすと、ためらいなく彼の顔に跨がり、しゃがみ込んで股間を鼻先に迫らせてきてくれたのだった。

白い内腿がムッチリと覆いかぶさり、濡れて息づく花びらが近々と寄せられた。

まさか彼は美しい全裸の巫女の、和式トイレ姿を真下から見ることが出来るなど夢にも思わなかったものだ。

2

「良いか、出る……」

いくらも待たないうち、由良子が上から言い、月男が割れ目に舌を這わせると熱く濡れた柔肉が蠢いた。

恥毛に籠もっていた濃厚な匂いは薄れたが、舐めると新たな蜜が溢れ、ヌラヌラと舌の動きが滑らかになった。

間もなく熱い流れがチョロチョロと漏れてきて、彼の口に注がれてきた。

月男は、仰向けなので噎せないよう注意しながら、夢中で受け止めて喉に流し込んでいった。

味も匂いも実に淡く清らかで、彼は喉を潤しながらうっとりと酔いしれた。

仁枝神社の祭神はツクヨミなのに、まるで由良子は、ツクヨミが殺したウケモチのように、口から股間から美味なるものを出しているようだった。

しかし口から溢れる前に勢いが弱まり、間もなく流れは治まってしまった。

もともと少量だったとはいえ、一滴余さず受け入れたのは初めてのことだった。

ポタポタと滴る余りの雫に愛液が混じり、ツツーッと滴るものをすすり、柔肉の中を舐め回すと、残尿を洗い流すように淡い酸味の潤いが満ちていった。

大きめのクリトリスにチュッと吸い付くと、

「あう……、もう良い……」

由良子が言ってビクリと股間を引き離した。

彼も起き上がり、もう一度互いにシャワーの湯で全身を洗い流すと、身体を拭いてバスルームを出た。

再び座敷の布団に戻って月男が仰向けになると、

「もうこのように……」

屹立したペニスを見て、由良子が屈み込んできた。

月男が大股開きになると彼女が腹這い、自分から彼の両脚を浮かせ、尻の谷間に舌を這わせはじめたのだ。

彼も浮かせた両脚を抱え、清らかな由良子の鼻先に尻を突き出した。

すると由良子は両の親指でグイッと谷間を広げ、チロチロと舌先で肛門をくすぐり、充分に濡らしてからヌルッと潜り込ませてくれた。

「あう、気持ちいい……」

月男は妖しい快感に呻き、神秘の美女の舌先をキュッと肛門で締め付けた。

由良子も厭わず内部で舌を蠢かせ、熱い鼻息で陰嚢をくすぐった。

やがて彼女は舌を引き離して脚を下ろし、陰嚢を舐め回してから身を乗り出し、肉棒の裏を舐め上げて先端をしゃぶり、スッポリと喉の奥まで呑み込んできた。

湿った長い黒髪がサラリと彼の股間を覆い、内部に熱い息が籠もった。

幹を締め付けて吸いながら、口の中では満遍なく舌が這い回り、たちまち彼自身は生温かく清らかな唾液にどっぷりと浸って震えた。

さらに由良子は顔を上下させ、スポスポと強烈な摩擦を開始したのだ。

「ああ……」

月男は喘ぎながら、自分からも股間を突き上げ、恐る恐る股間を見た。

すると由良子は、愛撫しながら切れ長の眼差しでじっと彼を見上げているのだ。

その妖しい美しさに、危うく彼は漏らしそうになってしまった。

絶頂を迫らせて口走ると、由良子がスポンと口を離して顔を上げた。

「い、いきそう……」

「もう一度入れたい」

いうなり彼女は身を起こして前進し、月男の股間に跨がってきた。

唾液に濡れた先端に割れ目を擦り付け、やがてゆっくり腰を沈めて強ばりを膣口に受け入れていった。

ヌルヌルッと滑らかな肉襞の摩擦を受けながら、彼自身は熱く濡れた美女の肉壺に根元まで呑み込まれた。

由良子は顔を仰け反らせ、長い睫毛を伏せて感触を味わい、キュッキュッときつく締め上げてきた。そしてすぐに身を重ねてきたので、彼も下から両手を回してしがみつき、両膝を立てて尻を支えた。

彼女は股間をしゃくり上げるように動かし、大量の愛液を漏らしてきた。やはり身を重ねた方がクリトリスが擦れ、しかも女上位の方が好きに動けて良いのだろう。

月男もズンズンと股間を突き上げ、何とも心地よい摩擦と締め付けに高まった。

「唾を下さい……」

顔を引き寄せて言うと、由良子も口中に唾液を溜めて迫り、形良い唇をすぼめてトロトロと白っぽく小泡の多い唾液を吐き出してくれた。

舌に受けて味わい、うっとりと喉を潤すと甘美な悦びが胸に広がった。

愛液でもオシッコでも唾液でも、美しい神秘の由良子から出たものを受け入れると、何やら霊力まで宿ってくるような気がした。

そのまま下から唇を重ねると、由良子もネットリと舌をからめながら腰の動きを激しくさせていった。

動きに合わせてピチャクチャと卑猥に湿った摩擦音が響き、溢れる愛液が互いの股間を生ぬるくビショビショにさせた。

「あう……、い、いく……！」

たちまち由良子が収縮を強め、口を離して熱く呻いた。

月男も、彼女のかぐわしい花粉臭の吐息を胸いっぱいに嗅ぎながら股間を突き上げ、意識して大きめのクリトリスを擦るよう努めた。

「いい……、アアーッ……！」

たちまち由良子が口走るなり、ガクガクと狂おしいオルガスムスの痙攣を開始したのだった。

収縮が最高潮になり、彼も絶頂の渦に巻き込まれるように続いて昇り詰めた。

「気持ちいい……、いく……！」

彼は喘ぎ、ありったけの熱いザーメンをドクンドクンと勢いよく美女の奥深い部分にほとばしらせてしまった。

「あう、感じる……！」

噴出を受け止めた由良子が、駄目押しの快感に呻き、飲み込むようにキュッキュッときつく締め上げてきた。月男は激しく股間を突き上げ、快感を嚙み締めながら心置きなく最後の一滴まで出し尽くしていった。

すっかり満足しながら徐々に突き上げを弱めていくと、

「ああ、良かった……、宙に舞って天女の衣に触れたような……」

由良子が目を閉じて言い、満足げにグッタリと硬直を解いて体重を預けてきた。

まだ膣内の収縮が続き、刺激された彼自身はヒクヒクと過敏に幹を跳ね上げ、やがて完全に動きを止めた。

月男は美女の重みと温もりを受け止め、湿り気ある花粉臭の吐息を間近に嗅ぎながら、うっとりと快感の余韻に浸り込んでいった。

すると、もたれかかっていた由良子は、それ以上の刺激を拒むように息も絶えだえになって股間を引き離すと、ノロノロと彼の股間に顔を寄せてきた。

そして愛液とザーメンにまみれた亀頭にしゃぶり付き、舌でヌメリを拭い取りながら貪るように吸い付いた。

「あう……、どうか、もう……」

彼は腰をくねらせながら呻き、神聖な美女に舌で綺麗に処理してもらうという贅沢な感覚に悶えたのだった……。

3

「ね、月男さん、私のお部屋へ来て」

月男が夕食と入浴を終えると、片付けものと戸締まりを済ませた奈保子が言った。

彼も、すっかり身も心も準備を整え、誘われるまま奥の部屋へと行った。

今日昼過ぎに、仁枝神社から歩いて帰宅した月男は、遅い昼食のあと仮眠を取り、あとはひたすら夜を楽しみにしていたのだ。

何しろ今夜は香織もおらず、奈保子と二人きりなのである。

由良子との濃厚な射精も夢のようだったが、昼寝したので心身はリセットされ、美熟女を相手の夜が待ち遠しかった。

そして期待通りに奈保子が誘ってくれ、月男は和風人形の多い彼女の和室へと入った。

布団が敷かれ、もちろん奈保子はまだ入浴前である。

「じゃ脱ぎましょう」

奈保子が、目をキラキラさせ色白の頰を紅潮させながら言った。やはり彼女も、二人きりの夜を相当に意識し、欲望を高めていたのだろう。

彼女が脱ぎはじめると、月男も手早くジャージ上下と下着を脱ぎ去り、たちまち全裸になると先に布団に横になった。

神秘の由良子も魅惑的だったが、やはり月男にとって奈保子は格別である。

何しろ、この土地へ来て最初に会った美女だし、色白豊満で包み込んでくれるような温かさがあるのだ。

たちまち奈保子も最後の一枚を脱ぎ去り、巨乳を息づかせて添い寝してきた。

「お風呂前だけれど、いいのね？」

「ええ、もちろん」

奈保子が恥じらいを含んで言い、月男は答えながら甘えるように腕枕してもらった。

腋の下に鼻を埋め、目の前で息づく巨乳に手を這わせた。

生ぬるく湿った腋毛には、今日も甘ったるいミルクのような汗の匂いが沁み付き、妖しく鼻腔を掻き回してきた。

「いい匂い」

「アア……」

嗅ぎながら言うと奈保子が羞恥にビクリと熟れ肌を震わせ、彼は指の腹でクリクリと乳首をいじった。

美熟女の体臭で充分に胸を満たすと、月男は移動して仰向けの彼女にのしかかり、チュッと乳首に吸い付いて舌で転がした。

「ああ、いい気持ち……」

奈保子が喘ぎ、両手で彼の顔をきつく抱きすくめた。顔中が、搗きたての餅のように柔らかな巨乳に埋まり込み、彼は心地よい窒息感に噎せ返った。

コリコリと硬くなった乳首を念入りに味わい、もう片方の乳首も含んで舐め回すと、彼は滑らかな肌を舌でたどっていった。

形良い臍を探り、張り詰めた下腹に顔を押し付けて弾力を味わい、豊満な腰から脚を舐め降りた。

まばらな体毛のある脛を舐め、足首まで言って足裏に回り、舌を這わせながら細く揃った指の間に鼻を割り込ませて嗅ぐと、やはりムレムレの匂いが濃く沁み付いて鼻腔が刺激された。

彼は爪先にしゃぶり付き、汗と脂に湿った全ての指の股に舌を挿し入れて味わい、両足とも貪り尽くしてしまった。

「アア……、くすぐったいわ……」

奈保子が、すっかり朦朧となって喘ぎ、クネクネと艶めかしく悶えた。

彼は彼女を大股開きにさせ、脚の内側を舐め上げてムッチリと量感ある内腿をたどり、熱気と湿り気の籠もる股間に迫っていった。

割れ目からはみ出す陰唇は熱い蜜を宿らせてヌメリ、月男はふっくらした恥毛の丘に鼻を埋め込んでいった。

蒸れた汗とオシッコの匂いが生ぬるく籠もり、嗅ぐたびに鼻腔が悩ましく刺激され、美熟女の匂いが胸に沁み込んできた。

舌を這わせ、陰唇の内側に差し入れていくと淡い酸味の潤いが迎え、彼はかつて香織が生まれてきた膣口の襞をクチュクチュと探った。

そして愛液を掬い取りながら滑らかな柔肉をたどり、ゆっくりクリトリスまで舐め上げていくと、

「アアッ……、い、いい気持ち……」

奈保子がビクッと顔を仰け反らせて熱く喘ぎ、内腿でキュッと彼の両頬を挟み付けてきた。月男も豊満な腰を抱え込み、チロチロと執拗にクリトリスを舐めては、新たに溢れてくる生ぬるいヌメリをすすった。

そして味と匂いを堪能すると、彼は奈保子の両脚を浮かせ、豊かな尻の谷間に迫った。

薄桃色の蕾に鼻を埋めて蒸れた匂いを貪り、顔中に密着して弾む双丘を味わってから舌

を這わせて収縮する襞を濡らした。

ヌルッと潜り込ませ、滑らかな粘膜を探ると、

「あう……」

奈保子が呻き、モグモグと肛門で舌先を締め付けてきた。

月男は内部で充分に舌を蠢かせてから引き離し、唾液に濡れた蕾に左手の人差し指を浅く潜り込ませた。

さらに右手の指を二本、濡れた膣口に押し込み、前後の穴の内壁を小刻みに擦りながら再びクリトリスに吸い付くと、

「あう、ダメ、感じすぎるわ……！」

奈保子が三カ所を同時に攻められて呻き、それぞれの穴でキュッときつく指を締め付けたが、拒みはしなかった。

月男はうつ伏せのまま両手を縮めて愛撫しているので、次第に自分の重みで腕が痺れてくるが、彼女が感じてくれているので必死に続けた。

肛門に入っている指を小刻みに出し入れさせるように動かし、膣内にある二本の指では天井を圧迫し、執拗にクリトリスを舐めたり吸ったりすると、まるで粗相したか、潮を噴

くように愛液が溢れてきた。

「も、もうダメ、お願い、入れて、月男さん……！」

奈保子がガクガクと狂おしく悶えながら懇願すると、ようやく彼も舌を引っ込め、前後の穴からヌルッと指を引き抜いた。

「あう……！」

その刺激に奈保子が呻いた。

膣内にあった指を見ると白っぽく攪拌《かくはん》された愛液にまみれ、指の間には膜が張るようだった。淫らに湯気の立つ指の腹は湯上がりのようにふやけてシワになり、肛門に入っていた指に汚れの付着はなく、爪にも曇りはないが生々しい微香が感じられた。

月男は身を起こし、正常位で股間を進め、先端を濡れた割れ目に擦り付けた。

位置を定め、張り詰めた亀頭をゆっくり膣口に潜り込ませていくと、

「アア……！」

奈保子が身を弓なりに反らせて喘ぎ、根元まで求めるように腰をくねらせ、両手を伸ばして彼を抱き寄せてきた。

月男もヌルヌルッと滑らかに押し込み、股間を密着させて温もりと感触を味わった。

胸の下では巨乳が押し潰れて弾み、待ち切れないように奈保子がズンズンと股間を突き上げはじめた。

彼は上から唇を重ね、熱く湿り気ある吐息を嗅ぎながら舌をからめた。

夕食の名残か吐息は白粉臭が濃厚で、悩ましく鼻腔が刺激され、思わず腰の動きが速くなってしまった。

「アア……、いいわ、すごく……！」

奈保子が口を離して熱く喘ぎ、膣内の収縮を強めてきた。

しかし途中で彼女が突き上げを止め、

「待って、お願い……」

月男を見上げて言うので、彼も腰の動きを止めた。

「どうしたんです？」

「お、お尻を犯してみて……」

「え、大丈夫かな……」

いきなり言われて驚いたが、彼も急に好奇心を湧かせた。

そういえば真理江もアヌスローターで感じていたようだし、いま奈保子は指を入れられて新鮮な快感を得て好奇心が湧いたのだろう。

「ええ、してみたいの」

「分かりました。無理だったら言って下さいね」

彼は答えて身を起こし、ペニスを引き抜いた。すると奈保子が自分から両脚を浮かせて抱え、白く豊満な尻を突き出してきた。

見るとピンクの蕾は、割れ目から流れ出る愛液にヌメヌメと潤っていた。

月男は股間を進め、やはり愛液に濡れた先端を可憐な蕾に押し当てて呼吸を計った。

「いいわ、来て……」

彼女も口呼吸をし、懸命に括約筋を緩めながら言うので、月男はタイミングを計ってグイッと押し込んでいった。

「あう……！」

奈保子が眉をひそめて呻いたが、角度が良かったのか、最も太い亀頭のカリ首までが潜り込み、蕾は襞を丸く開いて光沢を放ち、裂けそうなほどピンと張り詰めた。

「いいわ、奥まで来て……」

彼女が言うので、月男もズブズブと根元まで潜り込ませ、美熟女の肉体に残った最後の処女の部分を味わった。

股間を密着させると、豊満な尻の丸みが下腹部に押し付けられて心地よく弾んだ。

さすがに入り口はきついが、中は思ったより楽で、ベタつきもなく滑らかだった。

「アア……、突いて、中に出して……」

奈保子がせがみ、彼も様子を見ながら小刻みに腰を突き動かした。

すると彼女も括約筋の緩急に慣れてきたか、すぐにも滑らかに律動できるようになっていった。

月男は、膣とは違う感触を味わい、締め付けの中で次第に高まってきた。

「ああ、いい気持ち……」

奈保子が喘ぎ、自ら巨乳を揉みしだいて乳首をつまみ、空いている割れ目にも指を這わせはじめた。愛液のついた指の腹で、小さな円を描く様にクリトリスを擦り、次第にクチュクチュと淫らな音が聞こえてきた。

そうか、彼女はこんなふうにオナニーしているのかと月男も興奮を高め、動きを早めながら絶頂を迫らせていった。

「い、いく……、気持ちいいわ、アアーッ……！」

たちまち奈保子が声を上ずらせ、ガクガクと狂おしい痙攣を開始してオルガスムスに達してしまった。

もちろんアナルセックスの感覚より、自らいじっているクリトリスオナニーによる絶頂かも知れないが、膣内の収縮と連動するように、肛門も妖しく締まった。

たちまち月男も、続いて絶頂に達してしまった。

「く……！」

新鮮な快感に呻きながら、熱い大量のザーメンをドクンドクンと勢いよく注入すると、

「あう、出ているのね、もっと……！」

噴出を感じたように奈保子が口走り、彼も心ゆくまで快感を味わい、最後の一滴まで出し尽くしていった。

直腸内に満ちるザーメンに、さらに律動がヌラヌラと滑らかになり、やがて彼は満足しながら徐々に動きを弱めていった。

余韻の中、荒い呼吸を繰り返すと、彼女もいつしか乳首と股間から指を離し、グッタリと熟れ肌を投げ出していた。

月男が股間を引き離そうとすると、力など入れなくてもヌメリと締め付けでペニスが押

し出され、やがてツルッと抜け落ちた。彼は、何やら自身が美女の排泄物にでもなったような興奮を覚えた。

見ると肛門は丸く開いて粘膜を覗かせていたが、すぐにつぼまって元の可憐な形状に戻り、ペニスにも汚れの付着は認められなかった。

4

「さあ、オシッコ出しなさい。中も洗い流した方がいいわ」

バスルームで奈保子が言い、月男も回復を堪えながら懸命に尿意を高めた。

彼女は、ボディソープで甲斐甲斐しくペニスを洗ってくれ、その刺激で再び鎌首が持ち上がりそうになっていたのだ。

ようやく月男はチョロチョロと放尿することが出来、出し終えて雫を振るうと、彼女がもう一度シャワーの湯を浴びせ、最後に消毒するように屈み込み、チロリと尿道口を舐めてくれた。

「あう……」

その仕草に呻き、とうとう彼自身はムクムクと最大限に勃起してきてしまった。

「まあ、すごいわ、もう……」

奈保子が目を見張り、愛しげに幹を撫で回した。

もちろん彼女も完全な満足とは言えず、正規の場所での交接を望んでいるのだろう。何しろ、二人きりの夜は長いのだ。

「ね、奈保子さんもオシッコしてみて。こうして」

彼は言って床に座り、奈保子を目の前に立たせた。そして片方の足を浮かせてバスタブのふちに乗せ、開いた股間に顔を埋め込んで舌を這わせた。

濃かった匂いは薄れてしまったが、新たな愛液が溢れて舌の動きを滑らかにさせた。まだ、アヌスだけで膣感覚では昇り詰めていないからだろうと思った。

「ああ、早くお布団に……」

奈保子が膝をガクガクさせてせがんだ。

「その前に、オシッコ出して」

「アア、そんなこと無理よ……」

執拗に吸い付きながら言うと、奈保子は声を震わせたが、それでも柔肉の蠢きを活発にさせてきた。

「あうう……、漏れそうよ、ダメ……」

ようやく尿意も高まったが、彼女が呻きながら下腹をヒクつかせた。

すると、味わいと温もりが変化し、ポタポタと熱い雫が漏れ、間もなくチョロチョロとした流れになって彼の口に注がれてきた。

「アア……、離れて……」

奈保子は言ったが、彼はしっかりと腰を抱え込み、舌に受けて味わった。味も匂いも淡く控えめで、心地よく喉に流し込むことが出来た。

勢いが増すと口から溢れ、肌を伝って回復したペニスが温かく浸された。

それでもすぐにピークを越えて流れが弱まり、あとは雫が滴るだけとなった。

月男は残り香の中で舌を這わせて雫をすすり、割れ目内部を舐め回した。

「も、もうダメ……」

すっかり火が点いた奈保子は、言ってビクリと股間を引き離した。

月男も、そろそろ布団で落ち着きたくなり、互いの全身にシャワーの湯を浴びせて立ち上がった。

そして互いの身体を拭いてから、また全裸のまま座敷の布団へ戻っていった。

彼が仰向けになると、すぐにも奈保子が屈み込んで亀頭にしゃぶり付き、根元まで深々と含んで吸い、舌をからめながらスポスポと摩擦してくれた。

「ああ、気持ちいい。跨いで入れて……」

月男も急激に高まり、言うとすぐに奈保子もスポンと口を離して身を起こした。元より、ペニスを唾液に濡らすためしゃぶっただけであろう。

前進して跨がり、先端に割れ目を押し当てると、息を詰めてゆっくり腰を沈み込ませていった。

ヌルヌルッと根元まで受け入れ、股間を密着させて座り込むと、

「アアッ……、いいわ、奥まで感じる……！」

やはり膣内の方が良いと言うふうに奈保子が喘ぎ、キュッキュッと締め付けてから身を重ねてきた。

月男も両膝を立てて両手を回し、全身で美熟女の重みと温もりを受け止めた。

アナルセックスも新鮮だが、やはりこの感触が最高である。

奈保子が自分から腰を遣いはじめ、恥毛を擦り合わせながら新たな愛液を漏らして律動

を滑らかにさせていった。

月男もズンズンと股間を突き上げ、何とも心地よい摩擦と締め付け、温もりと潤いを味わった。

上からピッタリと唇が重ねられると、彼も舌をからめて生温かな唾液をすすった。

奈保子も、彼が好むのを知ってか、ことさらトロトロと大量の唾液を口移しに注ぎ込んでくれた。

彼はうっとりと飲み込んで喉を潤し、甘美な悦びに満たされた。

溢れた愛液が彼の肛門の方にまで温かく伝い流れ、シーツに沁み込んでいった。

「アア、いきそうよ……」

奈保子が口を離して熱く喘ぎ、白粉臭の吐息で彼の鼻腔を悩ましく刺激した。

「噛んで……」

顔を抱き寄せて囁くと、奈保子もそっと彼の唇や頬に綺麗な歯並びを当て、モグモグと咀嚼するように噛んでくれた。

「ああ、気持ちいい……、もっと強く……」

月男が刺激に高まりながら言うと、奈保子も痕が付かない程度の加減で頬や唇を噛み、鼻の頭にもしゃぶり付いてきた。

たちまち彼は、美熟女の唾液と吐息の匂いと肉襞の摩擦で絶頂に達してしまった。

「い、いく……、気持ちいい……!」

月男は口走りながら、ありったけの熱いザーメンをドクンドクンと勢いよくほとばしらせると、

「あ、熱いわ、もっと出して、ああーッ……!」

噴出を感じた途端、オルガスムスのスイッチが入ったように彼女が喘ぎ、ガクガクと狂おしい痙攣を開始した。やはり、この大きな絶頂快感からすれば、さっきのアナルセックスは下地のようなものだったかも知れない。

膣内の収縮も高まり、彼は全身が吸い込まれそうな快感の中、心置きなく最後の一滴まで出し尽くしてしまった。

満足しながら突き上げを弱めていくと、

「ああ……、良かったわ、すごく……」

奈保子も声を洩らし、熟れ肌の強ばりを解いてグッタリと力を抜いてもたれかかった。

月男は重みを受け止め、まだ息づく膣内でヒクヒクと過敏に幹を震わせた。

「あう……」

奈保子も敏感に反応して呻き、キュッときつく締め上げてきた。

そして月男は、奈保子の吐き出すかぐわしい吐息で鼻腔を満たし、うっとりと酔いしれながら快感の余韻を味わったのだった……。

5

「じゃ、もう一度お風呂に入ってくるわね。月男さんは？」

「ええ、僕はこのまま部屋に戻って寝ます」

身を離すと奈保子が言い、月男は答えた。

やはり彼女も寝しなに、ゆっくり湯に浸かりたいのだろう。彼は、ティッシュでペニスを処理しただけで起き上がり、下着とジャージ上下を着た。

「そうね、一緒に朝まで寝ていたいけれど寝過ごすといけないし、香織も車だし朝早めに帰るかも知れないから」

奈保子はネグリジェを着て言い、一緒に座敷を出た。そして彼女はバスルームへ、月男は洋館へと戻っていったのだった。

今日は、昼間は由良子と、夜は奈保子と濃厚なセックスをして快楽を分かち合い、充分に満足したはずなのに、何やら和風家屋から洋館へ来た途端、淫気がリセットされたように思えた。

もちろんまだ眠くはないので、月男は洋館の一階に並んだ人形の前を通り、二階への階段を上がってしまった。

香織の部屋は苦手なのだが、恐いもの見たさの衝動が湧いて、淫気に突き動かされながら二階に行った。

そっとドアを開け、主のいない美少女の部屋に足を踏み込んだ。

もちろん二体の人形が立っているファンシーケースを開けるつもりはなく、ただ香織の匂いのするベッドで、この屋敷へ来て初めてのオナニーをしようと思っただけだ。

そして壁のスイッチを探って灯りを点けると、

「うわ……!」

月男は思わず声を上げて立ちすくんだ。

何とベッドには、全裸の星男と香織人形が添い寝しているではないか。

どうやら香織は、自分の留守中に人形たちが寂しがらないよう、二人を並べて寝かせておいたのだろう。

まるで本当の人が並んで寝ているようで、何やら魂消えした自分と香織そのもののような気がした。

薄気味悪いが、全裸の香織人形には興味が湧き、彼はそろそろとベッドに近づいた。

そっと太腿に触れてみると、素材は合成樹脂なのだろうか、実に滑らかで柔らかな手触りだった。

股を開かせ、股間に顔を寄せていくと、香織本人そっくりな割れ目がひっそり閉じられて、ピンク色の花びらがはみ出していた。

指を当てて左右に広げると、陰唇が開かれて柔肉と膣口が見えた。

小さな尿道口も作られ、包皮の下からは香織と同じ大きさと形をしたクリトリスも顔を覗かせている。

濡れてはいないが、実際に入れられそうで、あるいは星男のペニスがピッタリ入るように出来ているのかも知れない。

植えられた恥毛に鼻を押し付けて嗅いでも、特に匂いはなかった。

舌を挿し入れて膣口の襞を舐めたが、もちろん愛液が溢れてくることはなく、肌の反応もなかった。

もし反応があったら、気絶するほどの恐怖に見舞われるだろう。

それなのに舌の動きが止まらず、いつしか月男はピンピンに勃起していた。

唾液でヌメらせ、ペニスを挿入したい衝動にも駆られるが、ザーメンを中に残したら香織に気づかれるだろうし、コンドームなどは持っていない。

やがて顔を上げると、思わず隣で寝ている星男のペニスを見てしまった。

なんと、最大限に勃起しており、大きさも形も月男自身に瓜二つである。

月男は星男の股間に顔を寄せ、間近に同性のペニスを見た。陰嚢もリアルに作られ、幹には青筋が浮かび、亀頭も張り詰めて光沢を放っていた。

この作り物のペニスが香織の処女を奪い、破瓜の血を吸い、さらには真理江の膣にも入って愛液にまみれたのだ。

そう思うと、自分でもわけの分からない衝動に駆られ、彼は星男のペニスに舌を這わせてしまった。

確かに、今までオナニーのとき自分の口が先端に届いたら、どんなに気持ち良いだろうと思い、屈んでみたことがあったが結局果たせなかった。

赤の他人の男なら死んでも嫌だが、星男は自分そっくりなので、あのとき届かなかった自分のペニスに口が届いた感覚であった。

張り詰めた亀頭をくわえて舌を這わせ、ああ、女性がフェラチオするのはこういう感覚かと思った。

しかし彼はすぐに口を離した。

あまりにそっくりなので魂入れしやすいかも知れず、しゃぶっているうち意識が人形に移る気がしたのだ。自分が人形となり自分にしゃぶられているなど、おぞましくて堪えられないだろう。

それでも彼自身の勃起は一向に治まらず、月男は手早くジャージのズボンと下着を脱ぎ去り下半身を露わにした。

そして再び香織人形に戻り、股を開かせ、人形の割れ目に先端を押し当てた。中で射精するのではなく、挿入の感覚だけ味わいたかったのである。

唾液のヌメリに合わせてゆっくり押し込んでいくと、ペニスはヌルッと滑らかに入っていった。

「ああ、気持ちいい……」

温もりも収縮もないが、彼は根元まで押し込んで喘いだ。

身を重ねていくと、間近に目を開いた香織の顔がある。

唇を重ねると柔らかな弾力が伝わり、舌を挿し入れると滑らかな歯並びに触れた。

唾液の潤いも吐息も感じられないが、魂消えしている本物の香織と交わっている気になり、彼は小刻みに腰を突き動かしてみた。

しかし、自分が舐めたときの唾液の湿り気しかないので、やはりローションでも使わない限り人形の膣では滑らかに動かない。

やがて彼は唇を離し、動きを止めた。

するとそのとき声がしたのだ。

「まあ、いけない子ね」

「うわ……！」

驚いて声の方を見ると、開け放したドアの前にネグリジェ姿の奈保子が立って苦笑していた。

「す、すみません。つい……」

月男は慌てて身を起こし、ペニスを引き抜いた。奈保子の声に度肝を抜かれたが、一向に勃起は衰えていない。

「寝ようと思って窓から見たら、二階の灯りが点いていたから見に来たのよ。まだ足りないの？」

奈保子が言い、月男は脱いだものを抱えてドアに向かった。

「私に言えばいいのに。人形の中には漏らしていないわよね？」

「は、はい……」

月男が答えると、奈保子は灯りを消してドアを閉めると、彼と一緒に階段を下り、一緒に彼の部屋に入って灯りを点けた。

「こんなに勃って、何度でも出来るのね」

奈保子は言い、彼をベッドに横たえて添い寝してくれ、やんわりと強ばりを手のひらに包み込んでくれた。

月男も、スベスベのネグリジェのままの彼女に甘えるように腕枕してもらった。

「ああ、ごめんなさい。つい香織ちゃんの部屋に入ってみたくて……」

「いいわ、決して言わないから。でも、もう私は充分だからお口で良ければしてあげる。

それで大人しく寝るわね」

「はい……」

ニギニギと弄びながら囁かれ、月男は美熟女の白粉臭の吐息に酔いしれた。ほんの少しハッカ臭もするので、寝しなの歯磨きをしたばかりなのだろう。

彼は、口でしてもらう前に唇を重ね、舌を挿し入れた。

奈保子もチロチロと舌をからめながら、ニギニギと弄んでくれた。そして彼が好むのを知っているので、口移しにトロトロと生温かな唾液を注ぎ込んでくれ、彼もうっとりと喉を潤して高まっていった。

奈保子の細くしなやかな指がリズミカルに蠢き、時に指先で様々な部分にタッチしてきた。

慣れた自分の指でのオナニーと違い、彼女の愛撫のリズムに呼吸と鼓動が一致し、さらに予想もつかない場所に触れたりするのが新鮮な快感であった。

「い、いきそう……」

すっかり高まった月男が言うと、奈保子も腕枕を解いて身を起こした。

大股開きになった真ん中に腹這い、まず彼の両脚を浮かせて尻の谷間を舐め、濡らした肛門にヌルッと舌先を潜り込ませた。

「あう……」

月男は呻き、美女の舌先を肛門でモグモグと味わった。

奈保子も舌を蠢かせ、股間に熱い息を籠もらせながら陰嚢にもしゃぶり付き、二つの睾丸を舌で転がし、優しく吸ってくれた。

さらに身を乗り出すと胸を突き出し、強ばりを巨乳の谷間に挟み、両側から手で揉みしだいてくれた。

「ああ、気持ちいい……」

乳房の柔らかな膨らみと肌の温もりに包まれ、月男は絶頂を迫らせてクネクネと身悶えた。やはり、何もしてくれない人形とは大違いである。

さっき、さんざん奈保子の前と後ろに射精したのに、残る口にまで出して良いとは何という幸福であろうか。

奈保子も俯いて、巨乳に挟まれた谷間から覗く先端にチロチロと舌を這わせ、やがて艶めかしいパイズリを止めて本格的にしゃぶり付いてくれた。

香織人形の膣口に入っていた亀頭をくわえ、粘液の滲む尿道口を舌で探り、スッポリと喉の奥まで呑み込んでいった。

そして温かく濡れた口の中に彼自身を深々と納め、小刻みに顔を上下させると、濡れた口でスポスポと強烈な摩擦を繰り返しはじめた。

「ああ、気持ちいい……」

月男もズンズンと股間を突き上げて喘ぎ、急激に高まっていった。

奈保子も熱い息を弾ませ、たっぷりと唾液を補充しながら上下運動を続け、指先でコチョコチョと陰嚢をくすぐってくれた。

溢れた唾液が、生温かく陰嚢の脇を伝い流れる感触も実に心地よく、摩擦のたびにクチュクチュと鳴る音も興奮を高めた。しかも陰嚢をくすぐっていた指も離したので、完全に奈保子の口だけの感触を受け止めることが出来た。

まるで全身が縮小し、かぐわしい美熟女の口に含まれ、舌に転がされ温かな唾液にまみれているような感覚に包まれた。

「い、いく……、アアッ……！」

月男は昇り詰めて喘ぎ、この日何度目かの絶頂なのに、熱い大量のザーメンが大きな快感とともにドクンドクンと勢いよくほとばしった。

「ク……、ンン……」

喉の奥を直撃された奈保子が小さく呻き、それでも濡れた口の摩擦と吸引、舌の蠢きは続けてくれた。

しかも射精と同時に彼女は幹を締め付け、チューッと強く吸ってくれたので、ドクドクと脈打つリズムが無視され、何やら陰嚢から直にザーメンが吸い出され、ペニスがストローにでも化したようだった。

だから美女の口を汚すという罪悪感が薄れ、彼女の意思で吸い出される感覚になった。

月男は、魂まで吸い取られる心地でクネクネと腰をよじり、最後の一滴まで出し尽くしてしまった。

「ああ……」

今度こそすっかり満足しながら声を洩らし、グッタリと四肢を投げ出すと、ようやく奈保子もリズミカルな愛撫を止めた。そして亀頭を含んだまま、口に溜まったザーメンをゴクリと飲み干してくれた。

「く……」

嚥下とともに口腔がキュッと締まり、彼は駄目押しの快感に呻いて幹を震わせた。

やっと奈保子が口を離し、なおも余りを絞り出すように幹をしごき、尿道口に脹らむ白濁の雫まで丁寧に舐め取ってくれた。

「あうう……、も、もういいです、有難うございました……」

月男は過敏に幹を震わせながら礼を言い、彼女も舌を引っ込めてくれた。

「さあ、これで大人しく眠れるわね」

奈保子はベッドを降りて言い、布団を掛けてくれた。そして灯りを消して静かに部屋を出て行くと、月男は遠ざかる足音を聞きながら、いくらも経たないうちぐっすり眠り込んでしまったのだった。

第五章　二人がかり

1

「へえ、すごいマンションだね。都会にいるみたいだ……」

月男は、真理江の部屋を見回しながら感嘆して言った。

朝、香織が帰宅すると、朝食を終えていた月男はすぐにも誘われ、香織の車で真理江のマンションに来ていたのだった。

もちろん彼は、出る前に急いでシャワーと歯磨きは終えていた。

昨夜の香織は、真理江ではなく高校時代の仲良しの家に泊まったらしい。

真理江のマンションは駅近くにある五階で、さすがに窓から見える景色は田舎だが、室内は近代的だった。

2LDKで応接セットのあるリビングは広く、キッチンも部屋も清潔にされて、あとはバストイレに彼女の寝室と書斎である。

家が資産家で仕送りも多いのだろう。調度品も高級なもので、真理江は快適な生活をして大学に通っているようだ。

そして真理江は、訪ねて来た月男と香織をすぐにも寝室に招き入れた。

中にはセミダブルベッドが据えられ、あとは化粧道具とドレッサー、作り付けのクローゼットだ。

レースのカーテンが引かれ、室内には美人女子大生の甘い体臭が立ち籠めていた。

「星男じゃなく、生きた月男さんなら楽しいわ」

真理江は香織と打ち合わせていたらしく、レンズの奥の眼差しを期待にキラキラさせて言った。

もちろん月男も、二人を一度にという期待と興奮に、すでに痛いほど股間が突っ張っていたのだ。昨日は由良子や奈保子を相手に、快楽の限りを尽くしたが、ぐっすり寝て心身は充分すぎるほど回復している。

「じゃ、脱いで寝てね」

真理江に言われ、月男は手早く服を脱ぎはじめた。真理江と香織も、すでに一緒に星男を相手に戯れているから、ためらいなく脱いでいった。

先に全裸になった月男はセミダブルベッドに横たわり、やはり枕に沁み付いた真理江の悩ましい匂いで勃起を強めていった。

二人の女子大生が脱いでいくと室内の空気が揺らぎ、さらに甘ったるい新鮮な匂いが漂ってきた。

真理江は昨夜入浴したようだが、話では、香織はずっと友人とのお喋りに夢中で、昨日からシャワーすら浴びていないようである。

たちまち二人も一糸まとわぬ姿になり、真理江は彼の望みでメガネだけは掛けたままだった。

「先に、二人で好きにさせてね」

真理江が言い、香織と一緒に左右から仰向けの彼を挟み付けてきた。

月男は、左右からメガネ美女と超美少女に迫られ、圧倒されながら何をされるのかと胸を弾ませた。

するとニ人は、申し合わせたように同時に屈み込み、彼の左右の乳首にチュッと吸い付いてきたのだ。

「あう……」

熱い息に肌をくすぐられて呻き、生温かく濡れた口に吸い付かれて、月男はビクリと身構えるように震えた。

二人はチロチロと舌を這わせ、彼はダブルの愛撫にクネクネと身悶えた。男でも、乳首がこんなに感じると分かったのは新鮮な驚きであった。

「か、嚙んで……」

さらなる刺激を求め、思わず口走ると、二人もクチュッと口を開き、綺麗な歯並びで左右の乳首を嚙んでくれた。

「く……、気持ちいい、もっと強く……」

甘美な痛みに呻いてせがむと、二人もやや力を入れて歯を立て、咀嚼するようにキュッキュッと愛撫してくれた。

硬い歯並びの刺激に身悶えが止まらず、やがて二人は徐々に移動していった。

非シンメトリックな刺激が心地よく、二人も彼の脇腹や腹に舌を這わせ、ときにキュッと歯を食い込ませてくれ、彼は二人の美女に少しずつ全身を食べられていくような錯覚に陥った。

二人は愛撫を下降させていったが、まだ股間には向かわず、左右の腰から脚を舐め降りていった。まるで日頃、彼が女性にしているような愛撫の順序である。

そして二人は、厭わず彼の両足の裏を念入りに舐め回し、爪先にまでしゃぶり付いてきたのである。

「あう、いいよ、そんなこと……」

月男は、申し訳ない快感に呻いたが、二人は全ての指の股にヌルッと舌を割り込ませてきた。彼はまるで、生温かなヌカルミでも踏んでいる感覚で、美女たちの清潔な舌を足指で挟み付けた。

二人も、月男を悦ばせるためと言うより、自分たちの欲求を満足させるため貪っているようだ。

やがて大股開きにされると、二人は彼の左右の脚の内側を舐め上げてきた。

内腿にも綺麗な歯並びがキュッと食い込み、

「あう、気持ちいい……」

痛み混じりの刺激に呻き、月男はペニスに触れられる前に暴発しそうなほど高まった。

二人の顔が内腿の付け根にまで来ると、混じり合った息が熱く股間に籠もった。

すると真理江が彼の両脚を浮かせ、尻の谷間に舌を這わせ、香織は尻の丸みを舐めたり噛んだりしてくれた。

「く……！」

ヌルッと真理江の舌が潜り込むと、彼は呻きながらキュッと肛門で舌先を締め付けた。

内部で舌を蠢かせると、真理江が口を離し、すかさず香織が舌を這わせて潜り込ませてきた。

立て続けに舌先が侵入すると、二人の舌の感触や温もり、蠢きの微妙な違いが分かり、そのどちらにも彼は激しく反応した。

ようやく香織が舌を離すと脚が下ろされ、二人は頬を寄せ合って彼の股間に顔を押し付けてきた。陰嚢に二人の舌が這い回り、二つの睾丸が転がされ、それぞれの玉を二人が吸った。

「あう、少し強い……」

急所を強く吸われ、彼は腰を浮かせながら呻いた。

やがて二人は、混じり合った唾液で袋全体を生温かくまみれさせると、いよいよ身を進め、肉棒の裏側と側面を同時に舐め上げてきたのだ。

滑らかな舌が二人分這い回り、ゆっくり先端まで来ると粘液の滲む尿道口が交互に舐められた。

さらに張りつめた亀頭を同時にしゃぶられ、何やら彼は、美しい姉妹が一緒にキャンディでも舐めているような、あるいは女同士のディープキスにペニスが割り込んでいるような気になった。

二人も、前から女同士で戯れていたから、互いの舌が触れ合っても嫌ではないようで、亀頭もミックス唾液に生温かくまみれて震えた。

すると真理江がスッポリと喉の奥まで呑み込み、幹を締め付けて吸いながらスポンと引き離すと、すかさず香織も含んで同じようにした。

これも交互に含まれると、それぞれの感触や温もりの違いが分かり、いかにも二人がかりで愛撫されているのだという実感が湧いた。

そして真理江が含んで顔を上下させ、スポスポと濡れた口で強烈な摩擦を繰り返しては香織と交替した。もう彼も、どちらの口に含まれているか分からないほど朦朧となってしまった。

「い、いきそう……」

月男が警告を発したが、二人は夢中になっている愛撫を止めようとしない。

あるいは、一度射精させて落ち着かせようという意図かも知れず、彼も我慢するのを止めて身を投げ出した。

そして交互にしゃぶられながら、とうとう彼はあっという間に大きな絶頂の快感に全身を貫かれてしまったのだった。

「き、気持ちいい……、いく……！」

身をよじりながら口走ると同時に、熱い大量のザーメンがドクンドクンと勢いよくほとばしった。

「ンンッ……」

ちょうど口に含んでいた香織の喉の奥が直撃され、彼女が呻いた。すると真理江が香織の顔をどかせ、亀頭を含んで余りのザーメンを吸い出しにかかったのだ。

「く……」

月男は激しすぎる快感に呻き、腰を浮かせてガクガクと悶えた。やはり相手が二人だと快感も倍になるようだ。

真理江は亀頭を舌と口蓋に挟み付けて強く吸い、貪欲に最後の一滴まで吸い取ってくれた。そして含んだままゴクリと飲み込まれると、

「あう……」

彼は締まる口腔の感触に呻いた。

ようやく口が離れると、月男は満足してグッタリと身を投げ出した。

なおも真理江は幹をしごき、尿道口に滲む余りの雫まで舐め回すと、もちろん濃厚な第一撃を飲み込んだ香織も一緒になって舌を這わせてきた。

「も、もういい……」

二人がかりで貪られながら過敏に幹を震わせ、腰をよじりながら月男は降参した。

やっと二人も舌を離して顔を上げ、月男は荒い呼吸を繰り返して力を抜いていった。

2

「じゃどうすれば回復するか言って、二人で何でもするから」

呼吸を整えている月男に、真理江が言った。

何でもするという言葉に反応し、彼は急激に淫気を高めた。やはり相手が二人だと、回復も早いようだ。

「顔に、足を乗せて……」

「いいわ、こう?」

言うと真理江が頷き、香織と一緒に立ち上がって彼の顔の左右にスックと立った。

二人の美しい女子大生が全裸で立ち、それを下から見上げるのは心地よい夢の中にいるようだった。

二人ともニョッキリした脚を伸ばし、僅かに割れ目を覗かせ、遙か高みから彼を見下ろしている。その二人が体を支え合いながら、そろそろと片方の足を浮かせ、同時に彼の顔に足裏を乗せてきた。

ダブルの感触を味わい、月男は舌を這わせ、交互に指の間に鼻を押し付けて嗅いだ。

二人とも指の股は生ぬるい汗と脂に湿り、蒸れた匂いが籠もり、しかも二人分だから鼻腔が悩ましく刺激された。

爪先にしゃぶり付き、それぞれの指の間に舌を割り込ませて味わうと、

「あん、くすぐったい……」

香織が可憐に喘ぎ、たまにバランスを崩してギュッと強く踏みつけてきた。

足を交代させ、そちらの新鮮な味と匂いも貪り尽くすと彼は口を離し、

「跨がって……」

下から言うと、やはり姉貴分の真理江が先に跨がり、和式トイレスタイルでしゃがみ込んで月男の鼻先に割れ目を迫らせた。

脚がM字になって張り詰め、覆いかぶさる内腿がムッチリと量感を増し、割れ目からはみ出す花びらは蜜に濡れ、今にもトロリと滴りそうなほど雫を脹らませていた。

柔らかな茂みに鼻を埋めて嗅ぐと、蒸れた汗とオシッコの匂いが鼻腔を掻き回し、彼は胸を満たしながら舌を挿し入れていった。

淡い酸味のヌメリが舌の動きを滑らかにさせ、息づく膣口の襞を探り、柔肉をたどって

クリトリスまで舐め上げていくと、

「アアッ……、いい気持ち……」

真理江が熱く喘ぎ、そんな様子を香織も期待を込めて覗き込んでいた。

チロチロとクリトリスを探っては、トロトロと溢れる愛液をすすり、さらに彼は白く丸い尻の真下に潜り込んで谷間に鼻を埋めた。

弾力ある双丘が顔中にピッタリと密着し、肌の温もりとともに蒸れた微香が感じられ、彼は貪るように嗅いでから舌を這わせた。

レモンの先のように僅かに突き出た蕾を舐めて濡らし、ヌルッと潜り込ませて滑らかな粘膜を味わうと、

「あう……」

真理江が呻き、モグモグと肛門で舌先を締め付けた。

月男が舌を蠢かせると、割れ目から溢れた愛液がツツーッと糸を引いて滴り、生ぬるく彼の鼻先を濡らしてきた。

やがて前も後ろも味わうと、真理江が名残惜しげに腰を浮かせ、待っている香織のために場所を空けた。

すかさず香織が跨がってしゃがみ込み、ぷっくりした割れ目を迫らせてきた。

若草の丘に鼻を埋めて嗅ぐと、やはり蒸れた汗とオシッコの匂いが籠もって鼻腔を刺激し、ほのかなチーズ臭も混じって胸に沁み込んできた。

香織の方が匂いが濃く、基本的には似たような匂いなのだが、やはり立て続けだと微妙な違いに興奮し、月男は、女性というものはみんな違ってみんないい、と実感したものだった。

舌を這わせてヌメリを味わい、膣口を探ってからクリトリスまで舐め上げると、

「アアッ……！」

香織が喘ぎ、力が抜けてキュッと座り込んできた。

月男は心地よい窒息感に噎せ返りながら懸命にクリトリスを吸い、トロトロと溢れる蜜をすすった。

もちろん尻の真下にも潜り込み、谷間の蕾に鼻を埋め、ほのかな匂いを貪ってから舌を這わせ、ヌルッと潜り込ませた。

「あう……」

香織が呻き、キュッと肛門で舌先を締め付けてきた。

そして彼が美少女の前と後ろを味わっていると、いつしか真理江がペニスにしゃぶり付いていた。もちろん二人分の味と匂いを堪能するうち、彼自身はすっかりピンピンに回復している。

真理江は根元までスッポリ含んで吸い付き、たっぷり唾液にまみれさせてきた。

「く……」

月男は再び香織のクリトリスを舐め回し、真理江の愛撫に感じるたび呻きながら反射的にチュッと吸い付いた。

「アアッ……、気持ちいいわ、いきそうよ……」

香織が喘ぐと、真理江はペニスから口を離して身を起こし、彼の股間に跨がってきた。

もう待ち切れずに上から挿入し、ヌルヌルッと根元まで膣口に受け入れて座り込み、前にいる香織の背にもたれかかった。

「ああ、いいわ、奥まで感じる……」

真理江が言い、味わうようにキュッキュッと締め上げてきた。

月男も温もりと感触を味わいながら、懸命に香織のクリトリスを吸ったが、やがて絶頂を迫らせた彼女が股間を引き離してしまった。

するとと真理江が彼の胸に両手を突っ張り、上体を起こしたまま、リズミカルに腰を上下させはじめたのだ。

収縮が高まり、溢れる愛液に動きが滑らかになった。

「い、いっちゃう……、アアーッ……！」

すぐにも真理江が声を上ずらせ、ガクガクと狂おしいオルガスムスの痙攣を開始してしまった。

しかし月男は、二人の口に出したばかりだから暴発することもなく、何とか耐えきることが出来た。何しろ次には香織も控えているのである。

「ああ、良かったわ……」

快感を嚙み締めながら真理江が言い、ガックリと彼の上に突っ伏してきた。

膣内のペニスはまだ勃起したままで、ヒクヒク震えているから刺激が強いのか、間もなく真理江は股間を引き離し、ゴロリと横になっていった。

すると、舐められて絶頂寸前だった香織がすぐにも跨がり、真理江の愛液にまみれて淫らに湯気を立てている先端に割れ目を押し当ててきた。

そして位置を定めると腰を沈み込ませ、ヌルヌルッと根元まで受け入れて股間を密着させた。

「ああ……、気持ちいい……」

香織が座り込んで喘ぎ、すぐにも身を重ねてきた。

月男も、やはり立て続けに二人の膣内を味わい、微妙に異なる温もりと感触に高まってきた。

下から両手を回して美少女を抱き寄せ、両膝を立てて蠢く尻を支えた。

そして屈み込み、可憐な乳首に吸い付いて舌で転がし、顔中で張りのある思春期の膨らみを味わった。

まだ動かず、両の乳首を味わってから、彼は隣で荒い息遣いを繰り返している真理江の胸も抱き寄せ、その乳首を含んで舐め回してやった。やはり二人は平等に扱わないとならない。

二人の乳首を順々に味わうと、さらにそれぞれの腋の下にも鼻を埋め込み、生ぬるく湿って甘ったるい汗の匂いで胸を満たした。

これも二人分となるとかなり濃厚で、すっかり興奮を高めた月男はズンズンと股間を突き上げはじめた。

「アア……、いいわ……」

香織が喘ぎ、自分からも合わせて腰を遣ってきた。溢れる愛液にクチュクチュと摩擦音が響き、互いの動きがリズミカルに一致していった。

下から香織の顔を引き寄せて唇を重ね、舌をからめると、すっかり息を吹き返した真理江も割り込み、三人で舌を舐め合った。

何という贅沢な快感であろう。滑らかに蠢く二人の舌を味わい、混じり合った生温かな唾液をすすって喉を潤した。

「ああ……、い、いきそうよ……」

香織が口を離して喘ぎ、彼は湿り気ある甘酸っぱい吐息に酔いしれた。

真理江の口からは熱いシナモン臭の息が洩れ、彼は鼻腔で混じり合う二人の息の匂いに激しく高まっていった。

「い、いく……！」

月男が口走り、大きな快感に貫かれて勢いよく射精すると、

「か、感じるわ……、アアーッ……！」

噴出を受け止めた香織も声を上げてオルガスムスに達し、ガクガクと狂おしい痙攣を繰

り返した。

彼は収縮する膣内で揉みくちゃにされながら心ゆくまで快感を嚙み締め、二人の口に鼻を擦りつけ、ミックスされた唾液と吐息の匂いで鼻腔を湿らせながら最後の一滴まで出し尽くしていった。

すっかり満足しながら徐々に突き上げを弱めていくと、

「アア……」

香織も声を洩らし、肌の強ばりを解いてグッタリともたれかかってきた。

月男は荒い呼吸を繰り返して美少女の重みと温もりを受け止め、まだ息づく膣内でヒクヒクと過敏に幹を跳ね上げた。

そして贅沢にも二人分の吐息を間近に嗅ぎながら胸を満たし、うっとりと快感の余韻に浸り込んでいったのだった。

3

「じゃ、二人で一緒に出してね」

バスルームで身体を流したあと、月男は床に座り二人を左右に立たせて言った。

香織と真理江も彼の左右の肩を跨ぎ、顔に股間を突き出しながら息を詰め、下腹に力を入れて尿意を高めてくれた。

さすがに真理江もバスルームではメガネを外しているので、何やら見知らぬ美女を相手にしているような新鮮な興奮が湧いた。

もちろん美しい女性が二人もいるのだから、まだまだ射精はし足りないぐらいで、彼自身もムクムクと回復しはじめていた。

月男は左右の割れ目を交互に舐め、匂いは薄れてしまったが新たに湧き出す愛液をすすった。

「あう、出るわ……」

先に香織がか細く言い、割れ目内部の柔肉を蠢かせた。

そちらに口を付けると、すぐにもチョロチョロと熱い流れがほとばしってきた。

味も匂いもやや濃かったが、これも超美少女のものだから彼はギャップ萌えとして受け入れた。

そして香織の勢いが増してくると、

「アア……」

真理江が声を洩らし、ポタポタと熱い雫が滴って彼の肌を濡らし、間もなく一条の流れとなって注がれてきた。

そちらにも顔を向けると、今度は香織の流れが肌を温かく濡らした。

真理江の方が味も匂いも淡かったが、それでも間近に二人分だから、今まで得た中では一番濃厚な体験であった。

真理江の流れも喉に流し込み、全身に二人分の熱いオシッコを浴びながら、肌を伝い流れが心地よく勃起したペニスを浸してきた。

やがて順々に流れが治まると、月男は残り香の中でそれぞれの割れ目を舐め回し、余りの雫をすすった。

「あう、もういいわ……」

真理江が言って腰を離し、香織も椅子に座り込んだので、また三人でシャワーを浴び、身体を拭いて全裸のまま部屋のベッドへと戻った。

彼が仰向けになると、二人は左右から添い寝して挟み付けてきた。

「ね、今度は私の中でいって……」

真理江が囁き、すっかり回復しているペニスを頼もしげに握った。香織の方は、もうすっかり満足しているようだ。

「うん、その前に顔中ヌルヌルにされたい……」

月男は淫気を甦らせながら答え、二人の顔を抱き寄せた。再び三人で唇を重ね、舌をからめ合った。

二人の鼻息に彼の顔中が生ぬるく湿り、混じり合った匂いが鼻腔を掻き回した。

充分にそれぞれの舌を味わうと、二人も顔を移動させ、彼の顔中に舌を這わせはじめてくれた。

たっぷりと唾液を垂らして舌で塗り付け、滑らかな舌が彼の鼻の穴から鼻筋、両頬から瞼に這い回り、左右の耳の穴も同時に舐められた。

「ああ、気持ちいい……」

熱い息を両耳に受けて彼は喘いだ。聞こえるのは、左右の耳の穴の中でクチュクチュ蠢く舌の音だけだ。

その間も、ニギニギと微妙な指の愛撫がペニスに与えられている。

「口にも垂らして……」

言うと二人も口に唾液を溜め、順々に彼の口に顔を寄せ、白っぽく小泡の多い唾液をトロリと吐き出してくれた。

月男は生温かく混じり合った美女たちのシロップを味わい、うっとりと喉を潤した。

プチプチと弾ける小泡の一つ一つに、彼女たちの芳香が含まれているようだった。

やがて彼の顔中が二人分の唾液にヌラヌラとまみれると、真理江がそろそろと上になって跨がり、回復している先端に濡れた割れ目を押し当ててきた。

位置を定めると、真理江は腰を沈み込ませ、彼自身を膣口にヌルヌルッと滑らかに呑み込んでいった。

「アア……、いい気持ち……」

真理江が顔を仰け反らせて喘ぎ、締め付けながら密着した股間をグリグリと擦り付け、やがて身を重ねてきた。

もうメガネは外したままなので、月男は見知らぬ美女に組み伏せられた気分になり、肉襞の摩擦と締め付け、温もりの中でヒクヒクと歓喜に幹を跳ね上げた。

「お尻の穴にローター入れてみる?」

「そ、それだけは勘弁……」

真理江に囁かれ、月男は首を振って答えた。尻は、せいぜい美女の舌が浅く入る程度で充分だった。

やがて真理江が腰を動かしはじめ、彼もズンズンと股間を突き上げた。

香織は横からピッタリと添い寝しながら、彼の手を握って割れ目に導いた。彼女は挿入より、クリトリスを刺激して欲しいようだ。

月男も愛液に濡らした指の腹で、小刻みにクリトリスをいじってやった。

「アア……、いいわ……」

香織が甘酸っぱい吐息で喘ぎ、指の圧迫を逃れるように包皮の中で小さな突起がクリクリと左右に蠢いた。

やがて二人が顔を近々と迫らせて熱く喘いだので、彼の右の鼻の穴からは香織の果実臭の息が、左の鼻の穴からは真理江のシナモン臭の息が侵入し、鼻腔で悩ましく入り混じって胸に沁み込んできた。

溢れる愛液が互いの股間を生温かくビショビショにさせ、彼も心地よく激しい突き上げが止まらなくなってしまった。

「ああ、いきそうよ、すごいわ……」

真理江が声を上ずらせて喘ぎ、コリコリ当たる恥骨の膨らみを痛いほど彼の下腹部に擦り付けてきた。

もう月男も堪らず、二人分の唾液と吐息の匂いに酔いしれながら、三度目の絶頂を迎えてしまった。

「く……！」

突き上がる大きな快感に彼は呻き、まだこんなにも出るかと思えるほど大量の熱いザーメンが、ドクンドクンと勢いよくほとばしり、柔肉の奥深い部分を直撃した。

「い、いい……！」

すると、クリトリスをいじられている香織も声を上げて絶頂に達したようだ。

溢れる愛液に、指の動きがヌラヌラと滑らかになった。

「あう、気持ちいい、いく……、アアーッ……！」

そして噴出を感じると真理江が声を上げ、ガクガクと狂おしく痙攣してオルガスムスに達した。

膣内の収縮も最高潮になり、彼も快感を噛み締めながら、心置きなく最後の一滴まで出し尽くしていった。

満足しながら突き上げを止めて、香織の割れ目からも指を離すと、

「ああ、溶けそう……」

真理江も肌の硬直を解いて呟き、力を抜いて遠慮なく彼に体重を預けてきた。

収縮の続く膣内では、射精直後の幹がヒクヒクと過敏に震え、彼女も敏感に感じるたびキュッときつく締め上げてきた。

香織も身を投げ出し、荒い息遣いを繰り返している。

月男は、二人の温もりと、混じり合ったかぐわしい吐息を嗅ぎながら、うっとりと快感の余韻を嚙み締めたのだった……。

4

「やっぱり、三人は楽しいけれど、二人きりの方がドキドキするわ……」

運転しながら、香織が言った。

あれから三人でもう一度シャワーを浴び、真理江の作ったカレーで昼食を終え、香織の車で出てきたのだ。

「そうだね、三人でするのは、たまにだから良いのだと思うよ」

月男も答えた。

複数でのセックスは興奮したがお祭り騒ぎのように明るい感じで、密室による一対一の淫靡さはない、
ただ月男は、実に贅沢で良い体験だったと思った。

「じゃ、バス停でいいかしら。私はお友達の家に忘れ物を取りに行くから」

「うん、いいよ。のんびり歩いて山道を帰るので」

彼は答え、やがてバス停の終点で車を降りた。

「お夕食には帰るってママに言っておいて」

「うん、分かった。気をつけて」

彼が言ってドアを閉めると、香織も軽やかに走り去っていった。また友人と会えばお喋りに夢中になり、あっという間に夕方になってしまうのだろう。

月男はそれを見送り、屋敷に向かって山道を登りはじめたが、近くにある仁枝神社に寄ってしまった。

肉体はすっかり満足しているが、やはりあの神秘の巫女に会い、色々な話をしたかった

のである。

手水を使い、本殿のお社と人形供養塔にお詣りをしてから住居を訪ねた。

「月男です」

「上がって良い」

声を掛けると奥から由良子の返事があり、彼はスニーカーを脱いで上がり込んだ。

茶の間へ言って座布団に座ると、襖が開け放たれ布団の敷かれた座敷が見えていた。

しかし由良子は台所にいるようで、間もなく出てきた。調理しているときも白と朱の巫女姿に、青い薄衣を羽織っている。

「あ、お昼の仕度でしたか？」

「いや、これを作っていた」

由良子も座り、手にした皿と木製の器具を卓袱台に置いた。

見ると、皿には寒天ゼリーで出来たような小さな人形が置かれ、器具はそれを作る木型らしい。

全裸らしい人形は少年ふうで大の字になり、小さなペニスらしき突起もあり、木型の内側には細かにその形が彫られていた。

「これは？」

「納戸から見つけた、善兵衛翁の作った菓子の木型だ」

「へえ、菓子の木型も作っていたんですか」

月男は言い、やはりどことなく星男に似たゼリー人形を見た。身長五、六センチで手足が短く、少々アニメチックに可愛くデフォルメされている。

「どうやら善兵衛翁には、美女に食べられたいという密かな性癖があり、それで自分の若い頃の姿を菓子の木型にしたようだ。むろん気味悪がって、どの店も置くことはなかったようだが」

「はあ……」

「この大の字の形で、香織は星男と名付けた」

「なるほど……」

月男は頷いたが、やはり食べる気にはならなかった。

「それで、由良子様はこれを食べようと思って作ったのですか」

「左様。だが、ただ食べるのでは面白くない。お前の魂をこの菓子に込める」

「え……？」

「善兵衛翁がしたかったことを体験してみると良い」

由良子が、キラキラ光る切れ長の目でじっと彼を見つめて言った。まるで今日、月男が来ることを予想していたような口ぶりである。

「た、魂消えして、こんな小さな菓子に魂入れするんですか」

「小さくても人の形をしている以上、難なく出来よう」

「ちゃ、ちゃんと戻れるんでしょうね……」

「必ず戻れる」

「そ、それなら何となく、僕も体験してみたいような……」

月男は答え、何やらムズムズと股間が熱くなってきてしまった。

「承知ならば脱いで布団へ。その方が魂消えしやすい」

由良子に言われ、月男も何やら分からない興奮に酔いしれたように従い、隣室へと行って服を脱いだ。

彼女も皿を持って来て、布団の横に座った。

やがて月男は一糸まとわぬ姿になり、由良子の悩ましい匂いの沁み付いた布団に仰向けになった。

「手足を大の字に」

言われて、彼もゼリー人形と同じように両手足を開いた。しかし3Pの名残で満足感が残り、ペニスは萎えたまま恥毛に埋もれていた。

「では意識をこちらに飛ばすように」

由良子が言って、皿に載ったゼリー人形を差し出してきた。

意識を飛ばすといっても、ただ見つめることしか出来ない。

それでも見ているうち、月男の心が宙に舞い、その人形に吸い込まれていくような気になって来た。

「ああ……」

すると目の前が真っ白になり、月男は小さく声を洩らした。

やはり由良子のような強力な霊能者が術をかけているのだから、一人で行なった奈保子のように、呻くほどの苦痛はないようだ。

ふと気づくと、目の前に由良子の大きな顔があった。

「移ったようだな」

彼女が、皿の上で大の字になっている月男に囁いた。どうやら、本当に彼は菓子人形に魂を移したようだった。

　視界は小さな人形からのもので、背中には皿の硬い感触が感じられる。そして由良子の声が大きく聞こえ、かぐわしく熱い息吹も全身に感じられた。

　しかし五感ははっきりしているものの、身動きが出来ない。ゼリー人形には関節まで作られていないからだろうか。

「そら、魂消えしたお前の姿だ」

　由良子が言って皿を布団に向けた。辛うじて、半眼で身動きしていない自分自身の姿が見えた。

（ほ、本当に戻れるんだろうか……）

　思ったが声は出ない。

　すると由良子が皿を顔に持ってゆき、指で彼をつまみ上げたが痛みはない。やはり小さな人形だから人としての細かな感覚はなく、大部分は意識と視覚、嗅覚と聴覚ぐらいなのだろう。

「では頂く。溶けて形がなくなれば、元の肉体に戻れよう」

　由良子が囁いたが、彼には大声に聞こえた。

そして美女の大きな口が開かれ、彼は口に下半身を含まれた。仰向けの体勢で、月男は美女の大きな鼻の穴をこんな間近で見るのは初めてだった。

たちまち彼女がゼリー人形をツルッと吸い込み、彼は全身が呑み込まれて滑らかな舌の上に乗せられた。

（ああ……）

美女の温かな口の中で、月男は快感に喘いだ。

熱く濃厚な花粉臭が鼻腔から胸を満たし、舌が蠢くと、たちまち彼の全身は清らかな唾液にまみれた。もしゼリー人形でなければ、ピンピンに勃起していたことだろう。

たまに口が開くと、明るい外の世界が見え、寝ている月男がチラと見えた。

そして綺麗な歯並びを内側から間近に見て、舌で転がされるうち彼はうっとりとした恍惚に包まれた。

するといきなり硬い歯が上下から彼を挟み付け、細かに嚙み砕いたのだ。

しかし痛みはなく、細かにされると唾液に混じり、彼はゴクリと飲み込まれて暗く温かな体内に入った。

滑らかに落下していくと、花粉臭からさらに濃厚な匂いに変わったが、それは興奮と安らぎを感じさせる匂いと温もりであった。

そして熱い液にまみれると、徐々に溶けて吸収されていく感覚が伝わってきた。

（ああ、美女の栄養にされていく……）

月男は初めて感じる大きな快感に包まれながら思い、そのまま意識を失ってしまったのだった……。


——ふと目を開けると、和室の天井が見えた。

「戻れたようだな。これを、善兵衛翁は様々な美女を相手に体験したかったのだろう」

由良子の声がした。見ると驚いたことに、いつの間にか彼女も一糸まとわぬ姿になり、長い髪を下ろしているではないか。

さらに、満足げに萎えていた彼自身も、はち切れんばかりにピンピンに勃起していたのである。

「どうやら善兵衛翁は、老いて女体との交接が難しくなると、美女に食われて一体感を得たいと思うようになったのだろう」

「は、はあ……」

彼は答え、声が出て身動きできることに安心した。

難なく戻れるのなら、あのまま由良子の体内を巡り、股間からの排泄まで体験したいと思ってしまった。

するとは由良子が屈み込み、

「上の口からお前の魂を受け入れ、下の口からは子種を吸い込みたい」

言うと、張り詰めた亀頭にしゃぶり付いてきた。

霊力を高めるためなのかも知れないが、何やら、上から下から人の精気を吸い尽くす美しい妖怪のようだった。

「ンン……」

由良子は熱く鼻を鳴らし、スッポリと喉の奥まで呑み込んでいった。根元まで深々と含むと、先端がヌルッとした喉の奥に触れたが、彼女は苦しそうにもせず、温かな唾液をたっぷり出して幹を浸してくれた。

そして熱い息を籠もらせ、長い髪を揺すりながらスポスポと強烈な摩擦を繰り返した。

「い、いきそう……」

彼は非現実的な体験で急激に高まり、絶頂を迫らせていった。

するとと由良子もスポンと口を離し、

「入れるが良いか」

言いながら身を起こし、跨がろうとしてきた。

「ま、待って、僕も舐めたい……」

月男は必死に言って身を起こした。美女の味と匂いを貪りもせず、いきなり挿入するわけにはいかない。

「ならば、好きにして良い」

由良子も答え、仰向けになって身を投げ出してくれた。

月男は彼女の足に向かい、綺麗な足裏を舐め回し、形良く揃った指の間に鼻を割り込ませ、蒸れた匂いを嗅いでから爪先にしゃぶり付いていった。

5

「く……」

指の股に舌を挿し入れて味わうと、いつになく感じているのか由良子が小さく呻き、ビクリと白い肌を強ばらせた。

月男は両足とも味と匂いが薄れるほど爪先をしゃぶり尽くし、脚の内側を舐め上げ、ムッチリした内腿を通過して股間に迫っていった。

柔らかな恥毛に鼻を埋め、悩ましく蒸れた匂いを嗅いで鼻腔を刺激されながら、彼は舌を挿し入れて柔肉を舐め回した。

「ここを強く……」

すると由良子が言って股間に両手を当て、左右の人差し指でグイッと包皮を剝くと、大きめのクリトリスが完全に姿を現してツンと突き立った。

まるで美しい姉が、幼い弟のため果実の皮を剝き、食べさせてくれるかのようだ。

月男は光沢あるクリトリスに舌を這わせ、チュッと強く吸い付いた。

「あう、いい……！」

由良子が反応し、内腿で彼の顔を挟み付けてきた。

急激に愛液の量が増し、彼は淡い酸味のヌメリをすすってはクリトリスをしゃぶり、恥毛に籠もって蒸れた匂いを貪った。

白い下腹がヒクヒクと波打ち、彼はこの体内で自分が消化されているのだと思った。

さらに両脚を浮かせて尻の谷間に鼻を埋め、蕾に籠もった蒸れた匂いを貪り、舌を這わせてからヌルッと潜り込ませると、

「あう、そんなところは良い……」

由良子が肛門で舌先を締め付けながら言った。

彼も少しだけ舌を蠢かせ、滑らかな粘膜を味わっただけで脚を下ろし、再び割れ目に舌を這わせ、生ぬるいヌメリを吸い取った。

「アア……、入れて、早く……」

由良子が切羽詰まった声で言うと、彼も身を起こし、股間を進めていった。

清らかな巫女にのしかかるのも気が引けるが、もう由良子は期待と興奮に起き上がれないほど身悶えている。

愛液が大洪水になっている割れ目に先端を擦り付け、彼は息を詰めてゆっくり膣口に挿入していった。

今日何度目かの挿入だが硬度は充分で、ヌルヌルッと滑らかに根元まで嵌め込むと、

「アアッ……、いい……！」

由良子が身を弓なりにさせて喘ぎ、待ち切れないように両手を回して彼を抱き寄せ、ズ

ンズンと股間を突き上げてきた。

月男も腰を動かしはじめたが、今日ばかりは暴発の心配もなく、充分に摩擦快感を味わうことが出来た。そして屈み込み、両の乳首を交互に含んで舌で転がし、柔らかな膨らみを顔中で味わった。

腋の下にも鼻を埋め、生ぬるく湿った和毛に籠もる、何とも甘ったるい汗の匂いを貪りながら甘美な悦びで胸を満たした。

そしてリズミカルに腰を突き動かし、出し入れよりも下腹部で大きなクリトリスを刺激することを意識すると、

「い、いきそう……」

由良子が収縮を強めて口走った。

月男も緩急を付けて律動し、いよいよ果てそうになると動きを弱め、浅い部分を重点的に擦った。

白い首筋を舐め上げて唇を重ね、柔らかな感触と唾液の湿り気を味わい、舌を挿し入れて滑らかな歯並びを舐めた。この綺麗な歯で、細かに嚙み砕かれたのである。

すると彼女も歯を開いてネットリと舌をからめ、月男は生温かな唾液に濡れて滑らかに

蠢く舌を味わった。

さらに喘ぐ口に鼻を押し込み、さっきゼリー人形で堪能した濃厚な花粉臭の吐息で胸を満たし、再びこのまま身体ごと呑み込まれたい衝動に駆られた。

「い、いく……、アアーッ……！」

とうとう由良子が喘いでオルガスムスに達し、膣内の収縮を強めながらガクガクと腰を跳ね上げた。愛液は粗相したかのように大量に溢れ、揺れてぶつかる陰嚢も生温かくまみれた。

「く……！」

続いて月男も絶頂に達し、大きな快感に呻きながら、ありったけの熱いザーメンをドクンドクンと勢いよく肉壺に注入した。

「あう、もっと……！」

噴出を感じた由良子が呻き、貪欲にキュッキュッと締め付けてきた。

月男は股間をぶつけるように激しく動きながら心ゆくまで快感を嚙み締め、肉襞の摩擦と締め付けの中で最後の一滴まで出し尽くしていった。

「ああ、気持ち良かった……」

月男は疲労もなく、深い満足の中で言いながら徐々に動きを弱め、由良子にもたれかかっていった。

「アア……」

由良子も喘ぎながら肌の強ばりを解き、身を投げ出していつまでもキュッキュッと膣内を収縮させていた。内部で幹を過敏にヒクつかせると、さらにキュッときつく締まり、彼はのしかかりながら、甘く上品な花粉臭の吐息を嗅いで、うっとりと快感の余韻に浸り込んでいった。

あまり長く乗っているのも悪いので、やがて呼吸も整わないうち、彼はそろそろと身を起こして股間を引き離した。

「お風呂場へ行きますか」

「いや、このまま少し眠る……」

由良子が言うので、彼はティッシュで互いの股間だけ処理をし、布団を掛けてやった。

やはり彼女も、魂消えと魂入れの術で、相当に疲れているのかも知れない。

月男は身繕いをし、

「じゃ行きます。また来ますね」

声を掛けると由良子も小さく頷き、そのまま軽やかな寝息を立てはじめた。もう今日は何度も射精しているので、由良子の寝姿を見ながら自分で抜く気もなく、彼は静かに部屋を出て、玄関でスニーカーを履いて外へ出た。

だいぶ日が傾き、彼は山道をのんびり歩いて屋敷へと戻った。やはり、まだ香織の車はない。

中に入ると奈保子が夕食の仕度をして、

「先にお風呂入ってきなさい」

と言ってくれた。月男も情事のあとだから幸いと脱衣所に行って全裸になり、バスルームで体と髪を洗い、ゆっくりと湯に浸かった。

今日はずいぶん活躍したペニスだが、まだ何度でも出来そうな気がする。あるいは由良子に呑み込まれて消化されるのと同時に、霊力を宿したのではないかと思えるほどだった。

風呂から出て着替えると、ちょうど香織も帰宅してきた。

そして三人で夕食を囲み、月男もすっかり慣れた感じで料理を味わうことが出来たのだった。

食後にリビングでテレビを観て、お茶を飲んだ。

部屋へ戻ってネットを見て回っても、それほど面白い情報もなく、それなら美しい母娘と会話している方が良かった。

大学からは一向にリモート授業開始の報せは来ないし、香織も毎日ノンビリしているようだ。

真理江も毎日大学へ行っているわけではないようで、まだ顧問も帰省中らしく何の情報も入っていないようだった。

(東京の方は、どうなっているんだろう……)

ふと思ったが、もう月男にとって東京は、やけに遠い場所のように思えた。

それにしても毎日、することといえば入れ替わり立ち替わり美女たちとセックスしているだけである。

来たときは完全無垢だったが、もうすっかり女体の扱いにも慣れている。

(こんな毎日で、いいのかなあ……)

月男は思ったが、この岸井家も善兵衛の遺産で裕福なようだし、特に迷惑をかけているわけではないから、当面は今のままで良いのだろう。

やがて香織が風呂に入り、奈保子も洗い物をしているので、仕方なく洋館の部屋へ戻ろうとした。

「あ、月男さん、今夜、こっそり来て」

奈保子が呼び止めると、バスルームの香織にまでは聞こえないだろうに、囁き声で彼に言った。

「わ、分かりました……」

月男は答え、そのまま部屋に戻った。

これで今日、何人目になるのだろう。

香織と真理江の口に射精し、それぞれの膣内に女上位でして、さらに由良子と正常位で行い、計四回射精しているのだ。

もちろん今まで日に五回以上オナニーしたことはあるが、右手の動きだけではないからさすがに疲れるかも知れない。

それなのに、彼の胸は妖しくときめき、股間が熱くなってきてしまった。

やはり彼の知る女性の中で最年長である、美熟女の奈保子に包まれるのは、心地よい安らぎも得られるのだ。

だから期待に胸を高鳴らせ、彼は部屋でじっと、香織が風呂から上がり二階へ引き上げてくるのを待った。

やがて夜が更け、香織の足音が階段を上がっていき、間もなく静かになると、月男はそっと部屋を抜け出した。

もう今までの習慣から、部屋へ戻った香織が階下へ来ることはないだろう。

月男は勃起しながら、足音を忍ばせて洋館から母屋の方へ行き、暗い廊下を進んで奈保子の部屋へ行ったのだった。

第六章　月と星の謎

1

「座って。どう、少しはここの暮らしに慣れた？」

月男が部屋に入ると、ネグリジェ姿の奈保子が敷かれた布団に座って言った。どうやらいきなり始まるのではなく、少し話があるらしい。

彼も期待に胸を高鳴らせながら、差し向かいに布団に腰を下ろした。

「はい、良くして頂いて感謝しております」

月男は、心から言って頭を下げた。

不自由ない暮らしそのものよりも、あまりに恵まれた女性運に、感謝しきれないぐらいである。

「そう、良かったわ。風変わりな家だから、戸惑いもあったでしょうけれど」

「ええ、ゆうべは済みません。勝手に香織ちゃんの部屋に入ってしまって。あまりに精巧な人形だったので……」

「若いのだから、無理もないわ」

奈保子は咎めるでもなく、笑みを含んで答えた。

「あの人形の素材は、何で出来ているんですか？」

「さあ、善兵衛おじいさんしか分からないわ」

「そうですか。星男が、あまりに僕に似ているので驚きましたが」

「あの星男は試作品なの」

「試作品ということは、どこかに完成品が？」

「あるわ、それがあなたなのよ」

「え……？」

奈保子の言葉に、月男は思わず聞き返した。

「あなたが、魂入れをした星男の完成品。月男というのは香織が名付けたの」

「だ、だって、それって僕が人形ってことですか……。僕はちゃんと東京で生まれ育って大学入学でここへ……」

月男は混乱しながら、表情を変えない奈保子に迫って言った。

「住所は、東京のどこ？　両親の名前は？」

「そ、それは……」

言われて、彼は答えに窮した。あらためて考えてみても、東京や親の思い出が、何一つ頭に浮かんでこないのである。

「東京や親のことも、大学入学も全て、香織が考えた設定なのよ」

「ぼ、僕にはちゃんと木野という苗字が……」

「それも、香織がピノキオから作った名前よ。そういえば、善兵衛はピノキオを作ったゼベット、青い衣の由良子さんは、ピノキオに魂を入れた女神、ブルーフェアリーというところかしら」

月男は、思わず自分の手足をさすってみた。

これが人形など信じられない。ちゃんと飲食と排泄をし、何より何度となく射精してきたのである。

　いや、それら全ても人形の夢なのだろうか……。

「ま、真理江さんは、まさかマリオネット……？」

「いいえ、彼女は普通の人間、ただの香織の先輩よ。まあ、確かにだいぶ香織に操られているけれど」

「も、もしかして香織人形も試作品で、香織ちゃんが完成品……？」

　月男は勢い込んで言ったが、奈保子は神秘の笑みを洩らすばかりで答えなかった。

「どうか、詳しい経緯を教えて下さい」

「ええ、渾身の力であなたを完成させた善兵衛お爺さんは力尽きて、最後の魂入れを行なったわ。場所は仁枝神社。臨終間際のお爺さんは、自分の魂を完成品に移そうと由良子さんに依頼。立ち会ったのは私と香織」

「ぜ、善兵衛翁の魂を……」

「そうよ、移してからお爺さんは亡くなったわ」

「で、でもおかしいじゃないですか。僕が人形の完成品で、魂が善兵衛翁のものなら、古い記憶などもあるはずなのに……」

「魂というのは、意識や記憶とは関係のない、もっと大雑把なものよ。言ってみれば生命そのもの。だからあなたは生まれたばかりで、意識や記憶は全て香織の創作。まあ確かに善兵衛お爺さんの絶大な性欲と、女性から出たものを求めてしまうという性癖だけは受け継いだようだけれど」

「じゃ、僕は神社で……」

「そう、お爺さんの葬儀を終えてから、毎日香織が神社に通って仮の記憶を教え込んで、ようやく立って歩けるようになったので、最初の日に初めてあなたは神社からここまで歩いてきたのよ」

奈保子が言う。

では、東京から長旅をしたのも仮の記憶で、ただ月男は神社からここまで歩いてきて、全てが始まったというのだろうか。

それだと大学にも入っておらず、講義開始の通知や友人からのメールなどがないのも頷ける。

まして奈保子は、彼が東京から来たという設定で細かにコロナ対策までしたものだから、月男も完全に仮の人格になりきってしまったようだ。

「どうして僕に打ち明けたんです。僕はこれからどうすればいいんですか……」

「香織と一緒に、いつまでもここで暮らすのよ。人形に永遠の魂を入れることが、善兵衛お爺さんの夢だったのだから」

「歳も取らずに……？」

「そうよ」

「奈保子さんは？」

「私はいずれ老いて死ぬだろうから、あとは真理江さんに任せることにするわ。香織がそのように操るだろうし、彼女の家は大富豪だから」

彼女が言い、月男は、それはそれで嫌ではない気がした。要するに今の暮らしが、永遠に続くということである。

「さあ、脱いで。日に何度でも出来るようになっているのだから」

奈保子が話を終え、欲望に目をキラキラさせながらネグリジェを脱いでいった。

もちろん衝撃的な話を聞いても、一向に月男の勃起は衰えておらず、彼も全て脱ぎ去り全裸になった。

「これが、作り物だなんて……」

彼は勃起している自身を見下ろして言いながら、布団に仰向けになっていった。

仮の記憶なのだろうが、無敵のロボットヒーローになりたいという憧れを抱いたこともあったが、まだ信じられなかった。

奈保子も生ぬるく甘ったるい匂いを揺らめかせ、一糸まとわぬ姿になった。まだ今夜の彼女は入浴前である。

だが、この視覚も嗅覚も、設定されるまま感じているだけなのだろうか。

「すごい勃ってるわ。さあ、どうしてほしい？」

奈保子が勃起した肉棒を見て言い、月男も淫気に専念していった。

「顔に足を……」

彼は小さく言いながら、これも善兵衛の性癖が移っているのだろうかと、思わず遺影の坊主頭に丸メガネの顔を思い出した。

善兵衛は、若い自分と曾孫娘との交接を望むような異常な欲望を抱き続けていたのかも知れない。もっとも香織が魂入れした完成品の人形ではなく、本当に曾孫娘だったらの話であるが。

「いいわ、こう？」

奈保子も頷き、彼の顔の横に腰を下ろすと、足を浮かせてそっと顔に乗せてくれた。

月男は感触を受け止め、舌を這わせながら指の股に籠もる蒸れた湿り気を嗅いだ。

匂いの刺激が鼻腔から胸に広がり、ペニスに伝わる感覚がした。これが人間でないのなら、作った善兵衛も、魂入法を施した由良子も大天才ということになる。

「ああ、くすぐったくていい気持ち……」

爪先にしゃぶり付き、指の股に舌を割り込ませて味わうと、奈保子がビクリと反応して喘いだ。

全ての指の間をしゃぶり尽くすと足を交代してもらい、月男は美熟女の足指の味と匂いを堪能したのだった。

「顔に跨がって……」

言うと奈保子も身を起こして彼の顔に跨がり、和式トイレスタイルでしゃがみ込んでくれた。白い内腿がムッチリと張り詰め、圧倒するように量感を増し、熟れた中心部が鼻先に迫った。

「ああ、恥ずかしいわ……」

奈保子は熱く喘ぎながら内腿を震わせた。肉づきの良い割れ目からはみ出したピンクの花びらは、すでにヌラヌラと大量の愛液に潤っていた。

豊満な腰を抱き寄せ、ふっくらした茂みの丘に鼻を埋めて嗅ぐと、生ぬるく蒸れた汗とオシッコの匂いが濃厚に籠もり、悩ましく鼻腔を刺激してきた。

月男は胸を満たしながら舌を這わせ、淡い酸味の愛液を掻き回し、息づく膣口からクリトリスまで味わうようにゆっくり舐め上げていった。

「アアッ……、いい気持ち……」

奈保子が喘ぎ、下腹をヒクヒク波打たせながら新たな愛液を漏らしてきた。

月男は味と匂いを貪り尽くすと、白く豊かな尻の真下に潜り込み、顔中にひんやりした双丘を受け止めながら谷間の蕾に鼻を埋め込んだ。

薄桃色の蕾に籠もる、蒸れた微香を嗅いでから舌を這わせ、息づく襞を濡らしてヌルッと潜り込ませると、

「あう……」

奈保子が呻き、キュッときつく肛門で舌先を締め付けてきた。

彼は内部で舌を蠢かせ、滑らかな粘膜を味わい、充分に出し入れさせるように動かしてから、再び割れ目に戻っていった。

そして大洪水になっているヌメリをすすって舌を濡らし、クリトリスに吸い付いた。

2

「アア……、もういいわ、いきそう……」

奈保子が言い、自分から股間を引き離していった。

そして月男の股間へと移動して腹這い、彼の両脚を浮かせて顔を寄せると、尻の谷間を舐め回してくれた。

「あう、気持ちいい……」

月男はチロチロと舌先にくすぐられて呻き、さらにヌルッと潜り込んでくると、肛門で締め付けて妖しい快感を味わった。何やら次第に、自分が人形でも人間でもどうでもよくなった気がしてきた。

中で舌が蠢くと、屹立した肉棒がヒクヒクと上下し、やがて奈保子は脚を下ろして陰嚢にしゃぶり付いてきた。

睾丸を舌で転がしてから、ペニスの裏側をゆっくりと滑らかに舐め上げ、粘液の滲む尿道口も念入りに舐め回してくれた。そして丸く開いた口にスッポリと喉の奥まで呑み込むと、幹を締め付けて吸い、熱い息を股間に籠もらせた。

クチュクチュと舌をからめて生温かな唾液にまみれさせ、顔を上下させスポスポと強烈な摩擦を開始した。

「い、いきそう……」

彼が絶頂を迫らせて口走ると、すぐにも奈保子はスポンと口を引き離して身を起こし、前進して跨がってきた。

先端に割れ目を擦り付け、やがてゆっくり腰を沈めると、彼自身はヌルヌルッと滑らかに根元まで呑み込まれていった。

「アア、いいわ、奥まで届く……」

奈保子が顔を仰け反らせて喘ぎ、完全にピッタリと座り込むと、密着した股間をグリグリと擦り付けてきた。

そして身を重ねてくると、月男は両膝を立てて蠢く尻を支え、潜り込むようにしてチュッと乳首に吸い付いた。奈保子は熱く息を弾ませながら、徐々に腰を遣いはじめ、大量の愛液で動きを滑らかにさせていった。

彼は両の乳首を順々に含んで舐め回し、腋の下にも鼻を埋め込み、生ぬるく湿った和毛に籠もる甘ったるい汗の匂いに噎せ返った。

そして月男も合わせてズンズンと股間を突き上げはじめると、

「ああ、いい気持ちよ、いきそう……」

奈保子が熱く喘ぎ、ピチャクチャと淫らに湿った摩擦音を繰り返した。

月男も本格的に動き、彼女の白い首筋を舐め上げて唇を重ねていった。

舌を挿し入れ、綺麗で滑らかな歯並びを左右にたどると、すぐに奈保子も歯を開いて受け入れ、

「ンンッ……」

熱く呻きながら彼の舌に強く吸い付いてきた。

チロチロと舌をからめ、生温かな唾液をすすって喉を潤すと、

「アア……」

息苦しくなったように奈保子が口を離して喘ぎ、熱く湿り気ある白粉臭の息を吐きかけてきた。月男も悩ましく鼻腔を刺激されながら、肉襞の摩擦と温もり、潤いと締め付けに高まっていった。

「ね、痕が付くほど噛んだらどうなるの……」

「ダメよ、直す人がいないのだから」

訊くと奈保子が答え、それでも彼の頬に口を当て、甘く噛んでくれた。

すると、たちまち膣内の収縮が活発になり、潮を噴くように大量の愛液が溢れて互いの股間が熱くビショビショになった。

「い、いく……、アアーッ……！」

奈保子が口を離して声を上ずらせ、たちまちガクガクと狂おしいオルガスムスの痙攣を開始したのだった。その収縮に巻き込まれ、続いて月男も激しい快感に全身を貫かれ、昇り詰めてしまった。

「く……！」

本日何度目かの絶頂を味わい、彼は呻きながらありったけの熱いザーメンをドクンドクンと勢いよく内部にほとばしらせた。

「アア、いいわ、もっと……！」

噴出を感じ、駄目押しの快感を得た奈保子が喘ぎ、さらにキュッキュッときつく締め上げてきた。

月男は激しく股間を突き上げ、心地よい摩擦と悩ましい吐息の匂いで心ゆくまで快感を味わい、最後の一滴まで出し尽くしていった。

今日は知っている全ての女性と何度も射精したのに、その快感もザーメンの量も一向に衰えることなく、やはりこれは善兵衛の淫らな魂が宿っているからではないかと思ったものだった。

「ああ、良かったわ……」

奈保子も満足げに声を洩らし、熟れ肌の硬直を解きながらグッタリと彼にもたれかかってきた。月男も重みと温もりを受け止め、まだ息づく膣内でヒクヒクと過敏に幹を跳ね上げた。

「あうう、もう堪忍……」

彼女も感じすぎるように呻き、キュッときつく締め上げた。

そして彼は、美熟女の吐き出す甘い刺激の吐息で鼻腔を満たし、うっとりと快感の余韻を味わったのだった。

互いに重なり、溶けて混じり合うような時間を過ごすと、密着した巨乳の奥の鼓動まで伝わってきた。やがて、ようやく彼女も呼吸を整え、そろそろと股間を引き離すと身を起こした。

「じゃ、お風呂へ行くので、あなたはお部屋へ戻りなさい」

奈保子が言い、ティッシュで優しくペニスを拭ってくれた。

月男も身を起こして手早く下着とジャージを着け、ネグリジェを持った奈保子と一緒に部屋を出ると、バスルームへ行く彼女と別れた。

洋館の一階に戻り、さすがに疲れてすぐベッドに潜り込んだ。

（自分が、完成品の人形……）

本当か嘘なのか分からないが、そんなことをあれこれ考える前に、月男はぐっすりと深い睡りに落ちてしまったのだった……。


――夢を見ていた。

自分は仰向けに寝かされているが、視界が霞んで五感も衰えている。それでも懸命に周囲を見回すと、由良子と、奈保子と香織の母娘がいた。

そして横には、星男の全裸人形が横たわっていた。いや、星男ではなく、もっとリアルに自分そっくりだった。

（そうか、ここは由良子様の部屋で、僕は善兵衛翁……）

月男は思い当たり、どうやら半月前の魂移しの日だろうと思った。

してみると自分は、臨終間近な善兵衛で、これから由良子の術が始まるのだ。

「では、移しますよ」

由良子が厳かに言い、月男は小さく頷いた。

すると由良子が屈み込み、白い顔を寄せて上からピッタリと唇を重ね合わせてきたのである。

月男は、その柔らかな感触と唾液の湿り気、由良子の微かに甘い吐息まで感じることが出来た。すると由良子が頬をすぼめて吸い付き、彼の魂を吸い上げていったのだ。

（ああ……）

魂が抜かれる感覚に喘ぎ、彼は射精に似た快感を覚えた。

やがて口が離れると、彼は薄れゆく意識の中で、由良子が今度は寝ている全裸人形に口づけをし、吸い取った魂を吹き込む様子が見えた。

その瞬間視界が暗くなり、どれぐらい時間が経ったものか、気がつくと目の前に由良子の顔があり、口移しに注がれる甘い息に酔いしれた。

次第に意識がはっきりしてくると、隣に動かない老人の姿が見えた。これが善兵衛で、魂は無事に彼から、この人形に移されたのだろう。ようやく由良子の口が離れると、

「移ったようです」

顔を上げた由良子が、やや疲れた声で言った。

すると、奈保子と香織が彼の顔を覗き込んできた。

「本当、呼吸をはじめて、瞬《まばた》きしているわ」

「今日から、お前は月男よ。これから人として多くの知識を与えないと。毎日来るから、しっかり吸収するのよ」

奈保子と香織が言い、月男は新鮮な感覚の中、頷くように微かな瞬きをして応えたのだった。

母娘とも、この儀式に何ら恐怖など感じていないようで、善兵衛の気持ちを汲んで、思い通りにしてやったという晴れやかな表情を浮かべていた。

月男の頭の中はまだ混沌としているが、新たな体を得た善兵衛の歓喜の気持ちが、全身の隅々に行き渡ってくる気がした。

（そうか、このようにして魂入れを……）

夢を見ている月男は客観的に思いながら、試みに指先を動かしたりしてみた。

かくして月男は、半月の間、香織の創作した過去の知識を得て、人として生まれ変わったのだろう。

翌朝、ベッドで目覚めた月男は身を起こし、もう一度自分の手足を見て、自在に動くことを確認しながら、実際は本当は人間ではないのかと思ったのだった。

3

「月男さん、今日は色々あるの。手伝って」

翌朝、朝食を済ませると香織が言い、月男も彼女に従い洋館の二階へ行った。

すると星男と香織人形の服が脱がされ、全裸で横たわっている。

「これは……？」

「もう役目を終えたので、神社で供養してもらうのよ」

「役目って……」

香織が言い、月男は聞き返した。

「もうママから、何もかも聞いたのでしょう。善兵衛お爺さんは、月男さんが自分の運命を受け入れて、私とずっと暮らす決心がついたら、この二体を焼いて葬るよう遺言していたのよ。さあ星男を運んで」

香織が、自分そっくりな全裸人形を抱えて言い、月男も試作品の星男を持ち上げた。

そして注意深く階段を下り、靴を履いて外に出ると、二体の人形を香織の軽自動車の後部シートに乗せた。

彼が助手席に乗り込むと、香織もすぐスタートして山道を下った。

「こんなに良く出来ている人形を焼くのは、惜しい気がするね……」

「遺言だから。それに、もう私たちがいるのだから」

彼女がハンドルを操作しながら言う。

あとで聞くと、この試作品の二体では、どうにも魂入れが出来なかったらしい。どこがどう不完全だったのか、それはもう善兵衛しか分からないのだろう。

仁枝神社に着くと、すでに聞いていていたらしく由良子も境内で待機していた。

そして境内の隅にある人形供養塔の横には、鉄製の棺桶状の箱が安置され、傍らにはすでに一本の松明《たいまつ》が灯されていた。

(うわ、これで焼くのか……)

月男は思い、香織と一緒に後部シートから二体の人形を引っ張り出して運んだ。

すると香織は鉄製の箱の中に、まず星男を仰向けに横たえ、その屹立したペニスに香織人形を跨がせた。

由良子も覗き込んで手伝い、潤滑油らしきものをペニスに塗って交接させていった。匂いからして、その潤滑油は石油のようだ。

たちまち香織人形は星男のペニスを深々と受け入れ、ピッタリと股間を密着させた。

「入ったかしら」

「ああ、ちゃんと嵌まった」

香織が訊くと由良子が答え、さらに女上位の香織人形を倒して身を重ねさせて、人形の腕も星男の肩に回して完全に肌の前面を押し付け合わせた。

どうやら、交接させて焼くのも善兵衛の遺言だったのだろう。

「これでいいわ。気持ち良さそう」

香織が離れて眺めながら言うと、由良子は箱の中に、さらに石油を沁み込ませてあるらしいオガクズを入れた。

「さあ、では始める」

由良子が言うと、月男と香織は少し離れて見守った。

すると由良子は厳かに祝詞《のりと》を上げて柏手を打ち、松明を一本手に取り、箱の中へと投げ込んだ。

たちまち赤い火が燃えさかり、黒い煙が立ち上った。

香織は、焼かれていく自分を見ながら、横から月男の腕に縋り付いていた。

髪が焼けて顔も肌も溶けはじめ、微かに動いたが苦悶ではなく、歓喜の舞いのように感じられた。

骨格らしきものも見えず、やがて男女の人形たちは、その姿を消していった。

月男が思わず両手を合わせると、香織も腕を離してそれに倣った。

燃え尽きて火が消えても、いつまでも煙が立ち上っていた。

由良子は印を結び、何やら呪文を唱えると構えを解き、

「さあ中へ」

言われて、月男と香織も建物に入った。

座敷の座布団に座ると、由良子が茶を入れてくれた。卓袱台の小皿には、星男のゼリー菓子も載せられている。

月男は熱い茶をすすり、ゼリー菓子を含んだ。特に甘くはなく、弾力ある食感が感じられた。

由良子も香織も菓子を口に入れ、月男はまた魂消えして二人の口腔で咀嚼され、体内に飲み込まれていくような気がした。

開け放たれた縁から外を見ると、まだ箱からは煙が出ていた。

「あれで人形たちは成仏、いや神道だから何て言うんだろう、浄化されて天に召されたのかな」

「左様、これで善兵衛翁の遺言は全て叶えた。あとはこの土地に幸運が訪れれば良い」

月男が言うと由良子が答え、皆で立ち上る煙を眺めた。

とにかく、これで香織の部屋からは気味の悪い人形たちが姿を消したが、自分まで人形だというさらに気味の悪いことになっている。

まだ月男は信じられなかったし、単に奈保子から、狂信的に思い込んだ妄想を話されただけという気もしていた。

善兵衛はこの部屋で亡くなったが、すぐに奈保子と香織で遺体を屋敷まで運び、そこで主治医を呼んだらしい。

由良子は半月もの間、魂の籠もった月男人形と過ごし、毎日香織が通っては、創作した過去や人格を語りかけたのだろう。

月男が自分から話したり立ち上がったりするまでには半月ばかりかかったが、その間に由良子は、彼に跨がり交接してしまったようだった。何しろ善兵衛の魂の大半は淫気であり、それを由良子も承知して、互いに快楽を分かち合いながら人形の覚醒に協力していたのだった。

奈保子も由良子も生身の人間だろうに、それが従容と善兵衛の言いつけを守るというのは、異常というよりあまりに非現実的だった。

もっとも、本当に月男が人形ならば、自分が最も非現実的なのである。

「消えたか」

由良子が庭を見て言い、茶を飲み干して立ち上がると、月男と香織も一緒に再び境内へと出た。

由良子は手にした壺に、シャベルで灰を入れた。

焼け跡に、金属製の残骸は見当たらない。

やがて灰が壺いっぱいになると、由良子は紙で蓋をして紐で縛った。そして供養塔の裏の扉を開き、中に安置した。

覗くと、中にも多くの壺が並べられている。中には戦時中に、銃撃の的にされた人形の灰などもあるのだろう。

扉を閉めて柏手を打つと、由良子は肩の力を抜いた。

「全て済んだ。私は少し眠る」

「分かりました。では引き上げます。有難うございました」

由良子が言うと香織は言い、二人で辞儀をして車に乗り込んだ。由良子は見送らず中に入り、香織はエンジンを掛けた。

「香織ちゃんも、完成品？」

車がスタートすると、月男は訊いてみた。

「さあ、もうどちらでも、私たちだけで暮らすのだから良いでしょう」

「そう……、なぜ僕の名を星男でなく月男と？」

「星はいっぱいあるけど、月は一つだけだから」

香織は答え、やがて坂道を上って屋敷へと戻った。

すると、待っていたように奈保子が出てきて、ワゴンで買い物に出かけていった。

月男は香織と一緒に洋館の二階へ上がり、彼女は空になった二つのファンシーケースを隅に押しやった。

今後は、通常通り彼女の衣装などが中に吊されることになり、これでごく普通の少女の部屋になるのだろう。

「あとはいずれ、真理江さんのパパが都内に人形の展示場を作ってくれるわ。そうしたら下に並んでいる人形も運び出すの」

「そう」

「昨日は真理江さんと三人で楽しかったけど、やっぱり私は二人だけがいいわ」

「うん、僕もそう思う」

月男は答え、ムクムクと激しく勃起してきてしまった。

「ね、脱いで見せて」

彼は言い、自分も手早く服を脱ぎ去って言った。あらためて、人形かも知れない香織の隅々まで、つぶさに観察したくなったのだ。

すると香織も頷いてブラウスを脱いでゆき、先に全裸になった彼は美少女の匂いの沁み付いたベッドに横になって待ったのだった。

4

「跨いで座って」

一糸まとわぬ姿になった香織に言うと、彼女もベッドに上って月男の下腹に跨がり、しゃがみ込んで割れ目を密着させてきた。

彼は香織を立てた両膝に寄りかからせ、両足首を握って顔に引き寄せた。

足裏を顔に乗せさせると、完成品とはいえ、とても人形とは思えない感触と指の蠢きが感じられた。

いや、互いに人形だから、このようにリアルに感じているのかも知れない。

舌を這わせ、縮こまった指の股に鼻を割り込ませて嗅ぐと、やはり蒸れた汗と脂の湿り気がはっきり鼻腔を刺激してきた。

爪先をしゃぶり、順々に生ぬるく湿った指の間に舌を挿し入れて味わうと、

「あん……」

香織がか細く喘いで腰をくねらせ、彼の下腹に密着させた割れ目を擦り付けてきた。

徐々に生ぬるい蜜が溢れてくるのが肌に感じられ、月男は両足とも全ての指の股を貪り尽くした。

そして彼女の両足を顔の左右に置き、

「じゃ前へ来てね」

言うと香織もすぐに腰を浮かせて前進し、月男の顔に跨がってしゃがみ込んだ。

両脚がM字になってムッチリと張り詰め、濡れはじめている割れ目が鼻先に迫ると、熱気と湿り気が顔中を包み込んできた。

はみ出した陰唇を指で左右に広げると、充分に快感を知っている膣口が蜜にまみれて可憐に息づき、真珠色の光沢を放つ小粒のクリトリスも、愛撫を待つようにツンと突き立っていた。

この割れ目が作り物なのか。それとも人形の目を通すから、このように艶めかしく見えているのか。

彼は香織の腰を抱き寄せ、若草の丘に鼻を埋め込んだ。

柔らかな感触を味わい、擦り付けて嗅ぐと生ぬるく蒸れた汗とオシッコの匂いが籠もり悩ましく鼻腔を刺激してきた。

月男は胸を満たしながら舌を挿し入れ、膣口の襞を搔き回して淡い酸味のヌメリをすすり、滑らかな柔肉をたどってクリトリスまで舐め上げていった。

「アアッ……、いい気持ち……」

香織が声を上げて喘ぎ、思わずギュッと座り込みながら、新たな愛液をトロトロと漏らしてきた。

月男は味と匂いを堪能し、さらに尻の真下に潜り込み谷間に鼻を埋め込んだ。

顔中に密着する双丘の弾力を味わい、薄桃色の蕾に籠もる蒸れた微香を貪ってから、舌を這わせて襞を濡らした。ヌルッと舌を潜り込ませて滑らかな粘膜を探ると、

「あう……」

香織が呻き、キュッと肛門できつく舌先を締め付けてきた。

月男は内部で舌を蠢かせ、すっかり愛液が大洪水になっている割れ目に戻り、ヌメリを舐め取ってクリトリスに吸い付いた。

そして再び味と匂いを貪ると、

「ね、オシッコして……」

真下から月男が言うと、すぐに香織も息を詰めて下腹に力を入れ、素直に尿意を高めてくれたのだった。

いちいちバスルームに行かなくても、こぼさなければ良いだろうし、天使の出したものは全て受け入れる自信があった。

「出るわ……」

香織が言い、柔肉を蠢かせはじめたが、さすがに自分のベッドだから気が引けるのか、チョロリと漏らすと慌てて尿道口を引き締めた。それでも、いったん放たれた流れは止められず、次第に勢いを付けて彼の口に注がれてきた。

月男も必死に受け止め、口から溢れる前に懸命に喉に流し込んだ。仰向けなので噎せないよう注意し、それでも幸いあまり溜まっていなかったか、間もなく勢いが弱まり、すぐに流れは治まってしまった。

彼は淡い味わいと匂いを堪能し、ポタポタ滴る余りの雫をすすり、濡れた割れ目内部を隅々まで舐め回した。

すると、たちまち残尿が洗い流されるほど新たな愛液が湧き出し、残り香の中、淡い酸味の潤いでヌラヌラと舌の動きが滑らかになった。

「も、もうダメ……」

絶頂を迫らせた香織が言って、ビクリと股間を引き離してしまった。

そして月男の上を移動し、彼が仰向けのまま大股開きになると、香織は真ん中に腹這い
サラリと髪で内腿を撫でてきた。

「ここからお願い」

月男は言い、自分から両脚を浮かせて尻を突き出し、両手で谷間を広げた。

すると香織も厭わず尻の谷間にチロチロと滑らかに舌を這わせ、ヌルッと潜り込ませて
くれた。

「あう、気持ちいい……」

彼は快感に呻き、モグモグと肛門を締め付けて超美少女の舌先を締め付けた。

香織が内部で舌を蠢かすと、激しく勃起したペニスがヒクヒクと上下し、彼は熱い鼻息
で陰嚢をくすぐられながら高まった。

脚を下ろすと、彼女も自然に舌を陰嚢に移動させて睾丸を転がし、熱い息を股間に籠も
らせながら、やがて肉棒の裏側を舐め上げてきた。

滑らかな舌が先端まで来ると、香織はそっと小指を立てて幹を支え、粘液の滲む尿道口を念入りに舐め回し、張り詰めた亀頭をくわえていった。

モグモグとたぐるように喉の奥まで呑み込むと、幹を丸く締め付けて吸い、口の中ではクチュクチュと舌がからみつき、たちまち彼自身は清らかな天使の唾液に生温かくまみれて震えた。

さらに香織は顔を上下させ、スポスポと濡れた口で強烈な摩擦を開始してきた。

月男も快感を高めてズンズンと股間を突き上げ、彼女の喉の奥を先端で刺激すると、さらに大量の唾液が溢れ、陰嚢の脇を伝い流れて肛門の方まで生温かく濡らした。

「い、いきそう……」

すっかり絶頂を迫らせて言うと、すぐに香織もチュパッと口を離して顔を上げ、自分から身を起こして前進してきた。

跨がって先端に濡れた割れ目を押し付け、自ら指で陰唇を広げると、腰を沈めてゆっくり膣口に受け入れていった。

彼自身は、ヌルヌルッと滑らかな肉襞の摩擦を受けながら根元まで没し、香織も完全に股間を密着させて座り込むと、

「アアッ……、いい気持ち……」

顔を仰け反らせて熱く喘いだ。

月男も熱いほどの温もりときつい締め付けに包まれながら、両手を伸ばして彼女を抱き寄せ、両膝を立てて蠢く尻を支えた。

そして身を重ねてきた香織の胸に潜り込み、桜色の乳首にチュッと吸い付いて舌で転がし、顔中で張りのある膨らみを味わった。

左右の乳首を順々に味わい、充分に舐め回してから彼女の腋の下にも鼻を埋め込み、生ぬるく甘ったるい汗の匂いに酔いしれた。

そして首筋を舐め上げ、下からピッタリと唇を重ね、グミ感覚の弾力と生温かな唾液の湿り気を味わった。舌を挿し入れ、滑らかな歯並びを左右にたどると、香織も歯を開いてチロチロと舌をからめてくれた。

月男は美少女の生温かな唾液に濡れ、滑らかに蠢く舌を味わいながら、徐々に股間を突き上げはじめていった。

「アア……！」

香織が口を離して喘ぎ、自分も腰を遣って動きを合わせてきた。溢れる愛液がすぐにも動きを滑らかにさせ、互いの動きがリズミカルに一致すると、クチュクチュと淫らに湿った摩擦音が響いてきた。

喘ぐ口に鼻を押し込んで嗅ぐと、今日も香織の吐息は熱く湿り気を含み、何とも甘酸っぱく可愛らしい匂いが濃く満ちていた。

「しゃぶって……」

囁くと香織も熱くかぐわしい息を弾ませ、腰を動かしながら舌を這わせてくれた。

鼻の穴から鼻筋、頬や瞼にも滑らかに舌が這い回り、彼の顔中は美少女の清らかな唾液でヌルヌルにまみれた。

「嚙んで……」

さらにせがむと、香織も口を開き、綺麗な歯並びを彼の頬に立ててくれた。

「ああ、気持ちいい、もっと強く……」

月男は甘美な悦びに満たされてせがみ、香織もやや力を込めてくれたが、痕が付くほど強くは嚙んでくれなかった。やはり修復できる人間がいないからかもしれない。

その間も、互いの動きは股間をぶつけ合うほど激しくなり、とうとう月男は美少女の摩擦快感と、唾液と吐息の匂いに高まり、一気に昇り詰めてしまった。

「く……！」

突き上がる大きな絶頂の快感に呻くと同時に、熱い大量のザーメンがドクンドクンと勢いよくほとばしり、肉壺の深い部分を直撃した。

「あ、熱いわ、いく……、アアーッ……！」

噴出を感じた香織も声を上げ、ガクガクと狂おしいオルガスムスの痙攣を開始してしまった。

膣内の収縮も最高潮になり、彼は締め付けと摩擦の中で快感を嚙み締め、心置きなく最後の一滴まで出し尽くしていった。

すっかり満足しながら徐々に突き上げを弱めていくと、

「アア……」

香織も声を洩らして肌の強ばりを解き、グッタリと彼に体重を預けてきた。

まだ息づくような収縮が繰り返され、刺激された月男自身は内部でヒクヒクと過敏に上下した。

「あう、もうダメ……」

香織も敏感になって呻き、キュッときつく締め上げてきた。

月男は美少女の重みと温もり受け止め、かぐわしい果実臭の吐息を間近に嗅ぎながら、うっとりと快感の余韻を味わった。

これほどまでに大きな絶頂の快楽が一致しているというのに、二人とも人形だというのだろうか。

いや、次第に彼は人でも作り物でも、どちらでも良いような気分になってきた。

永遠に、この実物大のドールハウスに二人で暮らしてゆけるのなら、それより大きな幸せはないだろう。

二人は互いに身を重ねながら荒い呼吸を繰り返し、そのまま溶けて混じり合ってしまうかのような長い時間を過ごしたのだった。

5

「これ見て、未完成の少女人形」

夜、月男は入浴と夕食のあと奈保子に呼ばれて奥の部屋へ行った。そこは奈保子の寝室ではなく、さらに奥まった納戸である。

「うわ、すごい……」

見ると台の上に、身長一メートル弱の幼女の人形が横たわっている。

しかも胸と腹が割け、粘土作りらしい内臓が見えているではないか。

どうやら善兵衛は、粘土で内臓まで克明に作り、その上から樹脂をコーティングして固めていたようだ。

魂を吹き込んだあとは飲み食いできるよう、全ての内臓も作ったのだろうか。

「おじいさんは、完成品であるあなたを作りながら、並行してこの子を作っていたの。香織と星男の子で、春に完成予定だったから、名は菫子《すみれこ》」

奈保子が言う。

周囲には樹脂や粘度、身長に合わせた衣装なども置かれていた。

人形は粘土の色だけだから良いが、これが色とりどりの臓器だったら正視できなかったかも知れない。

実際、もう臍も乳房も作られ、あとは切れ目を合わせて修正するだけである。

「でも、あなたを作り上げてお爺さんは力尽きたわ。工房の道具は全て売り払ったけど、この未完の人形だけは、僅かな材料と一緒にここへ置いたの」

「……」

「髪も目も、全て埋め込まれているので、あとは肌で覆って樹脂を塗るだけ。月男さんに完成させて欲しいの」

「え……、僕が……」

言われて、月男は驚いた。

「僕は不器用で、せっかく完成間近なものを台無しにするかも……」

「ううん、おじいさんの魂が宿っているのだから、きっと出来るわ。そして、由良子さんに頼んで魂入れしてもらいましょう」

奈保子が言い、月男も徐々に人形の完成に気持ちが動いてきた。

何しろ東京の住所も思い出せないし、大学にも行かなくてすむのだ。ここで毎日、飲み食いと射精ばかりの日々ではおかしくなってしまう。

あれからもうネットを見ることもなくなったし、メールをする相手もいないのだから、何か目的が欲しいと思っていたのである。

それに、ほぼ完成しているのだから、傷口を合わせて粘土で滑らかに肌を整え、乳房も形良く修正すれば良いだろう。

「分かりました。何とかやってみます」

「ええ、お願い。あなたならきっと完成させてくれるわ」

奈保子も満足げに笑みを浮かべて答え、やがて作業は明日からということにして二人で納戸を出ると、彼女の寝室に移動した。

もちろん月男は激しい淫気に見舞われていた。何しろ奈保子は、彼にとって最初の女性なのである。

まだ入浴前なので、奈保子は洋服姿で、それもすぐ脱ぎはじめてくれた。

月男はジャージ上下と下着を脱ぎ去り、美熟女の体臭の沁み付いた布団に仰向けになって勃起したペニスを晒した。

たちまち彼女も一糸まとわぬ姿になって月男の股間に屈み込み、真っ先に強ばりに舌を這わせてきた。

先端に舌を這わせて亀頭をくわえ、熱い息を籠もらせながらスッポリと喉の奥まで呑み込んでいった。

「アア……」

月男は快感に喘ぎ、美熟女の口の中でヒクヒクと幹を震わせた。

奈保子も付け根を締め付けて吸い、ネットリと舌をからめて唾液にまみれさせてくれた。

そしてスポンと口を引き離すと添い寝し、

「上になって」

彼女が言い、月男も素直に身を起こしていった。

そして仰向けになった奈保子の足裏に屈み込んで舐め、指の股の蒸れた匂いを貪ってから爪先にしゃぶり付いた。

「ああ、そんなことはいいから、早く入れて……」

奈保子も、いつになく高まっているようにせがんできた。

月男も両足の味と匂いを堪能してから股を開かせ、滑らかな脚の内側を舐め上げ、ムッチリした内腿をたどって股間に迫っていった。

悩ましい匂いを含んだ熱気が籠もり、すでに熟れた割れ目はヌラヌラと大量の愛液に潤っていた。

柔らかな茂みに鼻を擦りつけ、蒸れた悩ましい匂いで鼻腔を刺激されながら舐めはじめると、舌先がヌルリと滑るほど愛液が大洪水になっていた。

膣口を探ってクリトリスまで舐め上げ、チロチロと舌先で弾くように愛撫すると、

「あう……、いい気持ち……！」

奈保子が呻き、内腿でキュッときつく彼の両頬を挟み付けてきた。

味と匂いに酔いしれながら彼女の両脚を浮かせ、白く豊満な尻の谷間に鼻を埋め込み、蕾に籠もる微香を貪ってから舌を這わせ、ヌルッと潜り込ませた。

「く……！」

奈保子が肛門で舌を締め付けて呻き、彼は執拗に滑らかな粘膜を探った。

そして脚を下ろし、再びクリトリスに吸い付くと、

「入れて……、お願い……」

彼女が待ちきれないように腰をくねらせてせがんだ。

ようやく月男も身を起こして股間を進め、先端を割れ目に擦り付けてヌメリを与えてから、ゆっくりと膣口に挿入していった。

張り詰めた亀頭が潜り込み、ヌルヌルッと根元まで潜り込ませると、

「アア……、いいわ……！」

奈保子が顔を仰け反らせて喘ぎ、両手を伸ばして彼を抱き寄せてきた。

月男も脚を伸ばして柔らかな熟れ肌に身を預け、股間を密着させたまま屈み込んで乳首に吸い付いた。

左右の乳首を含んで舌で転がすと、感じるたび膣内がキュッキュッと艶めかしく締まった。彼は充分に乳首を味わい、顔中で巨乳の感触を堪能してから、腋の下にも鼻を埋め込んでいった。

生ぬるく湿った和毛に甘ったるいミルクのような汗の匂いが濃厚に籠もり、その刺激が幹の震えとなって膣内で跳ね上がった。

「ああ……、突いて、強く何度も奥まで……！」

奈保子がズンズンと股間を突き上げて喘ぎ、収縮を強めてきた。

ヌルッと押し込むたび熱いヌメリが彼自身を心地よく包み、月男も動きはじめると快感に腰が止まらなくなってしまった。

突くよりも引く方が、張り出したカリ首の傘が内壁に擦れるのか、

「そ、それいいわ……」

彼女が腰をくねらせてせがんだ。

月男も股間をぶつけるように突き動かしながら、上からピッタリと唇を重ね、柔らかな

弾力を味わった。チロチロと舌をからめ、生温かな唾液にまみれて滑らかに蠢く舌を味わい、たちまち彼は絶頂を迫らせていった。

奈保子の鼻から洩れる息が鼻腔を湿らせたがほとんど無臭で、

「アアッ、いきそうよ……」

唾液の糸を引いて口を離した彼女が喘ぐと、口から洩れる息は熱い湿り気を含み、悩ましい白粉臭の刺激が鼻腔を掻き回してきた。

月男は美熟女の吐息で鼻腔を満たしながら、肉襞の摩擦と収縮の中で高まったが、先に奈保子の方がオルガスムスに達してしまったようだ。

「き、気持ちいいわ、いく……、アアーッ……!」

声を上げ、彼を乗せたままガクガクと狂おしく腰を跳ね上げた。

続いて月男も絶頂に達し、大きな絶頂の快感に全身を貫かれてしまった。

「あう……」

呻きながら、ありったけのザーメンをドクンドクンと勢いよく注入すると、

「アア、感じる……、もっと出して……」

熱い噴出を受けた奈保子が、駄目押しの快感に声を上げ、締め付けを強めて悶えた。

月男は心地よい摩擦と、かぐわしい吐息に包まれながら快感を嚙み締め、心置きなく最後の一滴まで出し尽くしていった。

満足しながら動きを止め、熟れ肌にもたれかかり、まだ続く収縮の中でヒクヒクと過敏に幹を震わせた。

そして彼は、美熟女の吐息を嗅ぎながら荒い呼吸を繰り返し、うっとりと快感の余韻に浸り込んでいった。

ふと気づくと収縮が止み、奈保子は目を閉じたまま呼吸もしていなかった。

魂消えを起こし、近くにいる人形に意識が移ってしまったのだろうか。

（もしかして、奈保子さんも人形……？）

月男は思い、それでも重なったまま遠慮なく熟れ肌に身を預け、忙しげな息遣いを整えたのだった。

（明日から、人形作りか……）

意外すぎる展開に目が回るようだが、目的が出来たことに彼は言いようのない満足感を覚えた。

実は誰も彼もが人形で、ここへ来てからの全ては、人形の見た夢なのかも知れない。

月男は身を起こすと、そろそろと股間を引き離して、ティッシュで互いの股間を拭き清めた。

周囲の人形たちが、こんな光景をじっと見つめていた。

やがて月男は添い寝して互いの身体に布団を掛け、魂を吹き飛ばしている奈保子に腕枕してもらいながら眠りに就いたのだった……。

＊本作品は書下しです。

あやかし人《にん》形《ぎょう》館《かん》

二〇二一年六月二十五日　初版発行

著者　睦《む》月《つき》影《かげ》郎《ろう》

発行所　株式会社　二見書房
東京都千代田区神田三崎町二－一八－一一
電話　〇三－三五一五－二三一一（営業）
〇三－三五一五－二三一三（編集）
振替　〇〇一七〇－四－二六三九

印刷　株式会社　堀内印刷所

製本　株式会社　村上製本所

乱丁・落丁本はお取り替えいたします。
定価はカバーに表示してあります。

ISBN978-4-576-21082-7
https://www.futami.co.jp